edition ♦ karo – Berlin

Charlotte Ueckert

Künstler und Entdecker in der Südsee

Meine Reise zu den Zielen von Cook, Gauguin und Stevenson

Reiseerzählung

Literaturverlag Josefine Rosalski, Berlin 2021

Inhalt

Ansicht von Raiatea 1787 von John Webber, 1751-1793

Adelbert von Chamisso, 1781-1838

Ferne pazifische Welt
Ziel von Entdeckern, Künstlern und Reisenden

Meine früheste Erinnerung an die Südsee entsprach, wie viele frühe Erinnerungen, natürlich einem Klischee. Es war ein Film, den ich als Zehn- oder Zwölfjährige im Kino sah und es ging um die Liebe eines weißen Matrosen zu einer bezaubernden Südseeschönheit. Genau das Richtige für romantische kleine Mädchen wie mich, die noch nicht wussten, womit sie ihr Leben ausfüllen sollten.

Ein von Künstlern des 19. Jahrhunderts schaurig-schön illustrierter Gedichtband von Adelbert von Chamisso, um 1900 erschienen – aus dem Bücherschrank meiner Großmutter – zeigte mir ein Bild von dunklen hübschen Mädchen mit knospenden Brüsten, Blumenkränzen im Haar und wehenden Baströckchen. Sie saßen an einem Wasserfall zwischen Baumstämmen. Im Hintergrund tanzten junge Männer einen Fackeltanz.

Adelbert von Chamisso, der deutsche romantische Dichter französischer Herkunft, nahm in den Jahren 1815 bis 1818 als Naturforscher und Schriftsteller an einer Kotzebueschen Expedition teil, die ihn bis in die Südsee führte.

Otto von Kotzebue, Sohn des Schriftstellers August, war Leutnant der Russisch-Kaiserlichen Marine. Er leitete die Expedition für die Erforschung der Bering-Straße bis in die Südsee im Auftrag des Ausrüsters, einem russischen Grafen. Kapitän war Admiral Adam Johann von Krusenstern. Chamisso sollte als wissenschaftlicher Biologe dabei sein. Ziel war es, eine nördliche Route über das russische Eismeer in den Pazifik zu finden, was allerdings nicht gelang. Insgesamt aber war das Unternehmen wissenschaftlich sehr erfolgreich, von Chamisso in Form eines Reisetagebuches und eines umfangreichen wissenschaftlichen Anhangs dokumentiert. Durch diese Expedition bekam Chamisso die Gelegenheit, den Spuren des von ihm verehrten James Cook zu folgen, der erst knapp 50 Jahre vorher die Südsee befahren hatte.

Wie alle Südseeforscher nach ihm bedauerte Chamisso den Einfluss der Weißen auf den Inseln: »Auf O-Taheiti (Tahiti) und O-Waihi (Hawaii) verhüllten Missionshemden die schönen Leiber, alles Kunstspiel ist verstummt, und das Tabu des Sabbats senkt sich still und traurig über die Kinder der Freude«, schreibt er im Tagebuch, »Die Volkstümlichkeit, die vor dem aufgehenden Christentum untergehen muss, habe ich geschaut, und sie ist mir wert geworden, dass ich um sie trauere, spreche ich unumwunden aus.«

Die polynesischen Völker haben es dennoch geschafft, bis heute ihre Tradition und »Volkstümlichkeit« in Teilen zu bewahren und zu pflegen. Merkwürdigerweise konnte das Christentum das nicht verhindern, sondern es wurde in die jeweiligen Glaubensvorstellungen integriert, so wie es sich selbst Elemente fremder Kulturen angeeignet hat. Sogar die Tätowierungen, von den ersten Missionaren heftig bekämpft, sind heute kein Tabu mehr und bei jungen Leuten, selbst Christen, geduldet oder selbstverständlich.

Wie es der sprachbegabte Dichter Chamisso – in Frankreich geboren, in Deutschland aufgewachsen – bewerkstelligte, aus den Eingeborenensprachen zu übersetzen, ist zu bewundern, jedenfalls existiert in dem Gedichtband meiner Großmutter eine »Idylle« aus der Tongasprache von ihm übertragen. Es stellte sich allerdings heraus, dass er den Bericht eines Seemannes aus dem Englischen als Vorbild nahm, den er dichterisch abwandelte.

»Müßig plaudernd an dem äußeren Strande, / Weilten wir und weilten, als daher kam, / Uns auffordernd, eine Schaar von Mädchen; /« Dann folgt ein langes Gedicht.

Die Mädchen, die zuerst mit den jungen Männern in Liebeshändel verstrickt an den Strand gehen wollen, beklagen dann, dass Krieg herrscht, doch folgt eine Art »Carpe diem«, die das Gedicht beendet:

»Lasset uns des flücht'gen Tags genießen, / Gilt's vielleicht doch morgen schon zu sterben!« So entschließen sich die jungen Krieger zu einem Fackeltanz im Kreis, beobachtet von den jungen Mädchen.

Diese Gedanken waren mir vom Lateinunterricht vertraut, denn der Spruch »Carpe diem« (Ergreife den Tag oder genieße den Tag), den uns unser Lehrer nahelegte, um uns gleich anschließend das Verb »amare« deklinieren zu lassen, verband sich mir mit einer intensiven erotischen Stimmung, die lockend Unbekanntes verhieß.

Auf dem Atlas schaute ich mir an, wo die Tonga-Inseln lagen. In der Südsee oder in Ozeanien oder im Pazifik – es existieren viele Namen für das große blaue Gebiet zwischen Nordamerika und Asien auf Globen und Atlanten. Am besten gefiel mir, als ich auf einer Karte die Bezeichnung »Stiller Ozean« las. Ich stellte mir riesige stille Wasserflächen vor, die leise gegen blendend weiße Inselstrände schwappten. Vulkansand war mir unbekannt. Ein ruhiges Meer, ganz anders als die Wellen der Nordsee. So empfand ich als junger Mensch die Fremde. Ruhig und gelassen. Anders als das, was ich kannte.

Ich wusste nicht, dass die Landschaften nicht unterschiedlicher sein können als auf den verschiedenen Südseeinseln. Steilklippen wie auf den Marquesas, Vulkankegel, Bergkämme, flache Inseln wie die Atolle, mit Stränden und Palmenhainen. Auch baumlose Inseln wie die Osterinseln sind dabei, wo alles abgeholzt wurde, um die großen Steinfiguren der Ahnen auf Stämmen zu transportieren.

Auch dass Menschen in diesem riesigen Inselgebiet sehr verschieden sind, von den Maori mit klaren flachen Gesichtern bis zu den Papua-Neuguinea-Aborigines, die für mich am abenteuerlichsten aussehen, ahnte ich nicht.

Ganz Europa ist der Idee von glücklichen Eingeborenen im polynesischen Paradies aufgesessen, seit man von ihnen wusste. Immer noch machen sich Zivilisationsmüde auf den Weg, um an exotischen Stränden ein Leben zu finden, das sich von dem Gedränge in unseren Städten unterscheidet.

Südseevorstellungen als Fiktion, ohne jemals dorthin zu

gelangen, hatte auch die englische Schriftstellerin und Gartengestalterin Vita Sackville-West, die in ihren Briefen an ihre Schriftstellerfreundin Virginia Woolf davon schreibt. Sie hatte sogar ein winziges Inselchen dort gekauft, für fünf Pfund, es aber niemals gesehen.

Vita Sackville-West
1892-1962

Schon zu Zeiten des englischen Schriftstellers Jonathan Swift war klar – seit er seinen Schiffsarzt Gulliver in Gesellschaften geschickt hatte, die eine Karikatur des Englands der ersten Hälfte des 18. Jahrhunderts waren –, dass sich die beschriebenen merkwürdigsten Völker, die Liliputaner, die Riesen, aber auch das edle Pferdereich der Houyhnhnms nur in der Weite der unbekannten Südsee finden lassen würden. Das war Jahre vor den Entdeckungsreisen von James Cook und seinen Nachfolgern. Seit den Berichten von Matrosen und Kaufleuten, seit Büchern, geschrieben von Missionaren, Ethnologen und Abenteurern, fesselt dieser am weitesten von Europa entfernte Teil der Welt viele Menschen mit seinen im riesigen Ozean schwimmenden Inseln.

Auch Jugendbücher des Engländers Frederick Marryat wie sein Roman *Masterman Ready or Wreck of the Pacific,* mit dem unsäglichen Übersetzungsnamen *Sigismund Rüstig,* 1841 ins Deutsche übersetzt – noch deutscher ging es nicht –, schüren die Südseeromantik. England ist für die Südseesehnsucht Vorreiter geworden. Die Insel, wo der unsterbliche Robinson Schiffbruch erlitt, liegt zwar vermutlich nicht weit von der südamerikanischen Küste, aber im Pazifik und sie hat alles einer Südseeinsel zu bieten. Strände, Palmen, Kannibalismus. Daniel Defoe ersparte seinen Lesern nichts.

Diese Neugier, wie es sich dort lebt, habe ich lange Jahre ausgehalten. Was bedeutet ein Traum in der Kindheit, ausgelöst durch einen Gedichtband im Bücherschrank der Großmutter? Die Welt noch nicht erfahren, aber ersehnt? Natürlich habe ich im Laufe der Zeit so viel über die Südsee gelesen, um zu wissen, dass die Inseln kein Paradies sind. Albträume haben sich dort abgespielt, etwa wenn Kapitän Cook im 18. Jahrhundert von den Eingeborenen ermordet wurde oder wenn Missionare Kannibalen zum Fraß in die Hände fielen. Und heute drohen in manchen Touristenzentren in Hawaii und anderswo Großstadthetze und Verschmutzung wie in der alten industrialisierten Welt. Eine kaputte Umwelt und krebskranke Menschen. Daran denkt man nicht beim Träumen. In den 50er und 60er Jahren des 20. Jahrhunderts haben die Franzosen einige Inseln durch eine Vielzahl von Atomtests völlig unbewohnbar gemacht. Erst langsam erholt sich dort die Natur, und die Menschen, die das erlebt haben, sind oft krank geworden. Die Bevölkerung der pazifischen Inseln ist teilweise durch den vollständigen Verlust ihrer Wohnorte und Traditionen, verursacht durch die Klimakatastrophe, bedroht.

Vor Jahren habe ich mich dann zum ersten Mal der Südseeregion zumindest genähert. Natürlich aus europäischer Sicht, denn zur eigentlichen Südsee, wie ich sie mir vorstellte, liegt Tasmanien noch 6000 bis 7000 Kilometer entfernt. Ich bekam eine Einladung dorthin. Die Ferne verlockte mich.

Die Fahrt zum Haus meiner Gastgeberin war schon beeindruckend. Ein bisschen skandinavisch muteten mich die Häuser an, die Vegetation dagegen eher mediterran. Die Sonne brannte, im Schatten war es aber sofort kühl und es regnete häufig. Also sozusagen irländisches Wetter: Wolken, Regen, Sonne, blauer Himmel, keineswegs so wie die von mir vorgestellte Südsee.

Das Haus war aus Holz, riesig, ich wohnte im Zimmer der ältesten Tochter und schaute vom Bett in Baumkronen. Die Dame hatte nicht übertrieben, sie lebte in einem Park von acht Acres, – über 32.000 Quadratmeter – den sie wie eine Bäuerin mähte und aberntete. Zwar dauerte die Umrundung bei ausgiebiger Betrachtung aller Pflanzen mindestens zwei Stunden, unter dem lief keine ihrer Besichtigungen. Alle Gemüsesorten, Blumen über Blumen, drei Teiche und nach Nordosten hin, dort wo die Sonne aufging, das Meer mit dem Naturschutzgebiet Bruny-Island. Und hinter der Insel der Pazifik. Am Ende des Grundstücks führte eine Treppe zum Meer und ein anderer Weg außerhalb zum ›Yellow Point‹, einer Sandsteinfelsformation, die sich orangegelb steil über das Ufer erhob.

Ich hätte nicht gedacht, dass es wirklich so schön sein würde. Die Gefahren dort wurden mir warnend geschildert: Ein Jack Jumper, wie sie eine Ameisenart mit Giftstachel nennen, deren Stich sehr schmerzhaft ist und bei manchen Menschen einen allergischen Schock verursachen kann oder die Schwarze Tigerotter, die zu den giftigsten Schlangen der Welt gehört. Am Abend hüpften die Wallabys durch den Garten, kleine kniehohe Kängurus. Morgens lag ihr Kot überall.

Im Tasmanischen Museum in Hobart wurden in einem Raum die kümmerlichen Reste gezeigt, die von den Ureinwohnern Tasmaniens übriggeblieben waren. Die meisten wurden getötet, die Frauen verschleppt, die Kinder aus ihren Familien gerissen. Die wenigen, die dort noch lebten, hatten »gemischtes Blut«. Kunsthandwerk wie Muschelketten und Flechtwerk und die Aufführung rhythmischer Tänze bildeten die letzten kümmerlichen Reminiszenzen an das Leben der Vorfahren. Ein irgendwie anrührendes Provinzmuseum mit Zeugnissen aus einer unrühmlichen Geschichte, auch der von den Sträflingen. Selbst kindliche Diebe haben die Engländer Anfang des 19. Jahrhunderts nach Tasmanien geschickt!

Von den Wänden blickten die früheren Gutsherren und Kommandeure, die örtlichen – weißen – Künstler haben die landschaftlichen Schönheiten festgehalten, wie die Künstler aus dem Norden Europas jene in Italien. Am besten gefiel mir der Saal mit den heimischen Tieren, die dort ausgestopft gezeigt wurden. Die Schnabeltiere, die Wombats, die Possums, die Wallabys.

Auch die Tasmanischen Teufel, die jedem ein Begriff sind. Und am schönsten der sagenhafte Tasmanische Tiger! Es gibt dazu einen alten Film, in dem das wolfsähnliche Geschöpf mit tigerähnlichen Streifen zu sehen ist. Auch lange nach seinem Tod im Jahr 1936 lief der letzte Vertreter seiner Art unermüdlich im Kreis auf einem Stück verblassten Zelluloids.

Herrlich schwangen die Flügel der ausgestopften Albatrosse im Brauttanz und die Pinguine blickten einen mit glänzenden Augen an. Dieses Museum war einer der Höhepunkte meiner Reise.

Meiner Gastgeberin fiel nichts anderes ein als von der nie endenden Arbeit in ihrem Garten zu sprechen, dem Obst- und Gemüseanbau, der Hühnerhaltung und dass sie sich also vor allem um den Garten kümmern musste. Und ich wollte das Fremde, Aufregende kombinieren mit Lesen, Schreiben, Malen und Spazierengehen. Es stellte sich schnell heraus, dass sie so jemanden wie mich überhaupt nicht verstehen konnte und alles lief schief. Dort erlebte ich wie manche praktischen Menschen alle für Faulpelze halten, die nicht ständig mit ihren körperlichen Kräften herumwerkeln und schaffen wie sie.

Dennoch bekam ich einige Ahnungen von der Wildnis im inneren Tasmaniens durch Ausflüge in den kühlen Regenwald und Buchten, die nach Seefahrern benannt waren, die natürlich nur vorbeisegelten, nicht anlandeten, weil sie eigentlich etwas anderes interessierte als die damals verlassenen Inselküsten. Die Entdecker Cook, Tasman und Co. wollten etwas über die Eingeborenen und ihr Leben erfahren. Neue Kontinente und Handelswege sollten erschlossen werden.

In den dortigen Zeitungen entdeckte ich Anzeigen, die zu erschwinglichen Preisen zu den Fidschi- oder Cook-Inseln lockten, aber ich hatte durch die Querelen jeden Mut verloren.

Tasmanien war zwar weit weg, aber dort konnte ich meine Sehnsucht nach dem erträumten Ziel nicht erfüllen.

Nach der Tasmanien-Reise in den weit entfernten Pazifik, schon nahe der Antarktis, habe ich zu Hause immer wieder Bücher gelesen, die sich mit der Südsee beschäftigten. Fasziniert bin ich durch den Maskensaal im Hamburgischen Völkerkundemuseum gelaufen. Habe Ausstellungen in Bremen, Berlin und Wien über James Cook und andere Forscher oder die Südseemalereien von Paul Gauguin, Emil Nolde und Max Pechstein besucht.

Besonders viel erfuhr ich von Schriftstellern. Hermann Melville ließ seine ersten Romane auf den Südseeinseln spielen. Somerset Maugham lebte und schrieb dort. Robert Louis Stevenson wurde zum Inbegriff eines Südseeschriftstellers. Und dann die Frauen! Fanny, die Frau von Stevenson, mit ihrem faszinierenden Tagebuch der ausgedehnten Südseereisen.

Weitere Frauen waren für mich Pionierinnen der Südsee. Die eine war die Pflanzensammlerin Amalie Dietrich, die sich völlig allein auf den Weg dahin machte und die Anthropologin und Ethnologin Margret Mead, die gemeinsam mit ihrem Ehemann Gregory Bateson auf Papua-Neuguinea die Charakter- und Verwandtschaftsverhältnisse verchiedener Stämme erforschte.

Oft über hundert Jahre her sind die meisten dieser Zeugisse, haben jedoch immer noch die Kraft, eine packende, unverwüstliche Sehnsucht auszulösen.

Die Südsee, so weit weg, passt zu den utopischen Träumen der Versuche einzelner Menschen, sich ein ideales Umfeld zu schaffen. Das habe ich bei der Beschäftigung mit Künstlergärten bereits vor 20 Jahren in einem Buch nachvollzogen. Manchmal gelang es den Künstlern, ihr Lebensideal in der passenden Umgebung zu verwirklichen, aber häufig stellte sich dagegen ein Scheitern an den jeweiligen Ansprüchen heraus, eine der Gefahren jeder Selbstoptimierung.

Auch die Natur zeigt sich gefährlich, damit muss in der Südseeregion jeder rechnen, gleich ob Bewohner, Besucher oder die Heerschar der Segler, die sich um die Inseln herum im Pazifik herumtreiben. Die flachen Inseln können von einem Tsunami überrollt oder von sich verschiebenden Erdplatten ins Meer gedrückt werden.

Die uns bekannte Geschichte begann mit ersten Entdeckungen im 16. Jahrhundert und hatte seinen Höhepunkt im 19. Jahrhundert, als Künstler und Dichter die Südsee besuchten, um etwas zu finden, was Europa ihnen verweigerte. Nur was das genau war, außer einer imaginierten Gegenwelt, und vor allem, ob sie sich im Alltag bewähren würde, blieb vage in ihren Vorstellungen.

Zum Glück konnte ich später zweimal zu Inseln in der Südsee reisen. Davon handeln meine Notizen.

Aussteiger aus Europa oder Amerika segeln um die Welt und des Klimas wegen bevorzugt im Pazifik. Ebenso auf Kreuzfahrtschiffen die Touristen. Nirgendwo sonst auf der Welt kann man die Erfahrung machen, so angenehm und leicht atmen zu können wie dort. Eine warme und samtige Luft, voller Blütendüfte, vom Passatwind herangetragen, der ständig leicht weht und kein Hitzegefühl aufkommen lässt. Bei aller Fülle bleiben die Farben zart und durchsichtig. Wer nach Europa zurückkommt, schwelgt noch lange in den intensiven Farben des Meeres, das in allen vorstellbaren Blautönen schillert.

NOTIZEN WÄHREND MEINER ERSTEN SÜDSEEREISE

Eine künstliche Welt, diese Schiffe, welche die Ozeane durchqueren, hoch technisiert inmitten einer ungeheuerlichen Masse von urtümlicher Bewegtheit. Riesige Wasserflächen, seit Jahrmillionen unverändert die Erde beherrschend, werden von schwimmenden Hochhäusern durchquert. Vor allem Amerikaner und Europäer schlafen und essen klimatisiert, tanken Sonne und Wein und brechen gelegentlich in kleine Inseln ein, die am Horizont auftauchen und auf denen eine andere Lebensart besichtigt werden kann. Für viele dieser Urlauber ein Traum, das letzte Lebensdrittel überwiegend so zu verbringen. Umsorgt von jungen Zimmermädchen und Kellnern, zu unverbindlichen Spielprogrammen animiert, unterwegs mit Herzschrittmachern, künstlichen Zähnen und Hörgeräten, manchmal auf Krücken. Leute, die ihre Suite wie einen Adlerhorst bewohnen. Unterwegs wie auf der Flucht, aber mit Lachs und Champagner. Abgefahren aus einem Leben, das ihnen noch nicht alles gegeben hat. Unterwegs sein mit dem Wunsch, dass sich erfüllt, was noch aussteht, dass man vielleicht niemals ankommt, obwohl es ein Ziel gibt …

Schon Homer wusste es: Im Westen liegen die Inseln der Seligen. Nach Südwesten kreuzt unser Schiff und niemand an Bord macht sich Sorgen darüber, ob da wirklich Inseln sind und wie man dahin kommt. Alles Nichtwissen wird an den Kapitän delegiert.

Über dem Meer entspricht die Leere des Horizonts der wohltuenden Leere im Inneren. Hier wird nichts von einem gefordert. Friedlich, einschläfernd sind die Geräusche von Wind und Wellen.

Das ist so beruhigend, sagen die Passagiere, man vergisst den Schmerz, das Verlorene und was man besitzt, spielt nur in den Gesprächen eine Rolle, nie im Inneren. Bewegte Schichten ziehen vorüber, das ist alles. Das Wasser soll Tiere und Pflanzen enthalten, aber man sieht sie nicht. Wie Metall glänzt es vorbei. Weit weg ist die Unordnung der bewachsenen Kontinente. Ruhig und gleichmäßig läuft die Maschine des Schiffs, wie ein gesundes Herz.

Die Lebenshaltung des Reisens, des Unterwegsseins zwischen Woher und Wohin, entspricht einem Zustand der Unsicherheiten, die auszuhalten sind, weil uns der Reiseveranstalter versprochen hat, ans Ziel zu kommen: zu den Inseln der Seligen.

Haben sie alle keine Wurzeln, die hier auf lange und weite Reisen gehen? Denn wer monatelang wegbleibt von seinem Zuhause, wie die zahlreichen Weltumrunder an Bord, kann wenig Familie, wenige Freunde zurückgelassen haben.

Schnell sortiert sich einiges auf meiner Südseereise. Für heute Abend bin ich verabredet mit Irene, die mich schon im Flugzeug ansprach. Sie hat unglaubliche zehn Kinder, eine DDR-Pflanze, die im Westen gut aufgegangen ist. Dort hatten wir ja nichts anderes zu tun, sagt sie. Wir haben interessante Gespräche und sie ist an mir interessiert. Als ich sie heute wieder traf, waren wir schon vertraut, ebenso ging es mir mit einem jüngeren Mann, der sehr unsicher wirkte und mit dem ich gestern schon einmal während des Fluges geredet hatte (einer der ältlichen ›Jünglinge‹). So wichtig ist das Bedürfnis nach Bekannten in der Fremde, dass man sich freut, wenn man ein bereits bekanntes Gesicht sieht.

Schnell hat sich alles entschieden. Wer mit wem sitzt, wo man isst, was man unternimmt. Ich bin mit Irene aus dem Flugzeug verabredet, dazu kommt Ulla, Fabrikantenwitwe auf Weltreise zum wiederholten Mal, die mir am Tisch über die Wange streicht und mich wie eine Tochter behandelt, obwohl sie nur wenig älter ist. Dazu ist so eine Reise auch gut: Man bekommt Anerkennung für äußere Dinge wie Kleidung und Frisur und eine unkomplizierte Munterkeit ist auch beliebt. Zu unserer Gruppe stoßen die frühere Zahnärztin Daniela und Michael, den ich schon aus dem Flugzeug kenne, der etwas jüngere Mann, frisch geschiedener »Jüngling«. Irene braucht keine Angst zu haben, dass ich ihr mit ihm davonziehe, wie sie schon befürchtet hatte.

Also schon vor dem Single-Treff heute Abend ist unsere Gesellschaft gesichert.

Wir fahren jetzt über eine Meerestiefe von über 3.000 Metern, wie der Kapitän gerade verrät. Eine ruhige Unterwelt nennt er das, worüber wir fahren. Bald kommen Gräben von über 10.000 Metern, ein unterirdisches umgekehrtes Himalaya-Gebirge.

Eine ständige Zeitverschiebung droht uns. Abends werde ich müde, vergesse das mitgebrachte Baldrian zu nehmen und wache nachts auf. Und dann fallen mir die Worte ein, die ich unbedingt aufschreiben muss.

Das, was ich Flucht aus dem Alltag nenne, heißt bei Irene Abwechslung, die der Mensch braucht. Und die haben die Menschen hier. Stündlich ein Programm, Andacht, Vorträge, Sport, niemand muss sich langweilen. Nur ich frage mich, warum ich alles aufschreiben muss, warum ich das Gefühl habe, Bericht erstatten zu müssen. Als wäre das nicht aufgeschriebene Leben nicht gelebt.

Nicht nur Abwechslung will der Mensch, vor allem Beschäftigung. Und da es meist nichts Neues ist, womit er sich beschäftigen will, dient alles der Kommunikation. Das vielleicht ist der ganze Sinn: Möglichkeiten zum Treffen und Reden zu bieten. Gelegentlich schaut mal einer allein aufs Meer oder liest. Schreibt vielleicht auch.

Mein kleiner philippinischer ›Kammerherr‹ sieht meine aufgehäuften Bücher in der Kabine liegen. Er ist voller Ehrfurcht vor mir, dem »intelligent woman«.

Ach je, schon schnell nerven mich die Leute hier. Sie reisen um die Welt, kennen sich von früheren Schiffspassagen, und haben alles gesehen. Sie fliehen vor ihren Kindern und Enkeln oder davor, dass niemand auf sie wartet. Sie spielen Karten, sie interessieren sich für die Tanz- und Singkünstler an Bord – der »Jüngling« ist stolz, wenn es ihm gelingt eine Tänzerin zu einem Drink einzuladen – und brennend für alle Details der Doku-Verfilmung fürs Fernsehen.

Endlich eines Morgens Land in Sicht. Die erste Marquesa-Insel Nuku Hiva. Wilde, von weit her glattgeschliffen aussehende Felsen. Ein großer orangefarbener Vogel streift über das Meer. Es ist nicht die einladende Südsee, die sich uns bietet, aber doch gewaltige Felsformationen, grün überzogen von einer Art moosigem Bewuchs, wie es von Weitem aussieht und der sich später als Gesträuch entpuppen wird.

Majestätisch zieht die felsige Küste am Schiff vorbei. Ich hoffe, der Ausflug wird schön. Wir wollen sehen, ob wir uns ein Taxi mieten können. Organisierte Ausflüge werden uns auf dieser Insel gar nicht angeboten. Paul Theroux hat in seinem Buch über die Inseln 13 Seiten Nuku Hiva gewidmet und mich neugierig gemacht. Er kam mit dem Versorgungsschiff, der *Aranui,* die jetzt, vor uns angekommen, bereits in der Bucht lagert. In seinem Reisebericht kann ich jetzt Station auf Station nachlesen. Viele der Inseln, die er in der Südsee bereiste, erreichte er mit einem Paddelboot. Der 1941 geborene Amerikaner ist in der ganzen Welt herumgekommen und hat ähnlich wie der berühmteste aller modernen Reiseschriftsteller, Bruce Chatwin, immer den Kontakt zu den Einheimischen gesucht. In seinem Buch *Das Tao des Reisens,* 2015 erschienen, zitiert er Chatwin, als er sich über den Begriff des Fremden Gedanken macht: »Der Fremde ist, wenn er kein Händler ist, ein Feind.« Theroux als Fremder bezieht sich allerdings auch auf Vorstellungen, dass er als ein »palangi«, wie es auf Samoanisch heißt, jemand ist, der aus den Wolken vom Himmel kommt, also ein gottähnliches Geschöpf ist. Zwischen Feind und Gott hat er sich furchtlos in fremden Ländern bewegt.

Zu seinem Südseepaddelbuch bekam er zur richtigen Zeit einen Auftrag. Gleich nach seiner Scheidung, die ihn beinahe aus der Bahn geworfen hatte. Am Ende seines Buches kommt er darauf zurück und schreibt über die Einsamkeit des Reisens. Immer wieder wird er von den Einheimischen nach seiner Frau befragt. Für die Südseebewohner mit ihrem eng- und weitmaschigen Verwandtschaftsnetz ist es unvorstellbar, dass jemand wochenlang allein mit einem Paddelboot reisend lebt. Jeder der Insulaner hat Eltern, Onkel, Tanten, Geschwister, Cousins und in jungen Jahren eine eigene Familie. Wenn Theroux diese Gemeinschaften erlebt, wird er oft traurig und »paddelt dagegen an«. Jede Gelegenheit mit einem Fremden zu sprechen, ergreift er. So kommen viele Gespräche zustande, die den Alltag seiner Gegenüber schildern. Trotzdem: Allein auf einer kleinen Insel oder auf dem Meer ist es für ihn besser auszuhalten, wenn niemand da ist, mit dessen Einbindung in Familie und Gesellschaft er sich vergleichen muss.

Wir mieteten auf Nuku Hiva zu viert ein Taxi und fuhren die üppig bewaldeten Berge hoch, blickten von oben auf die Bucht, in der das Schiff ankerte und bogen hinunter in ein anderes Tal, wo sich das Meerwasser aus einer Bucht in einen Fluss schob, der versuchte, sein Wasser schnell ins Meer fließen zu lassen. Der Zusammenprall von Süß- und Salzwasser vor der Vereinigung, ein spielerischer Kampf! Glänzende Gischt-Mixtur quer durch die Mündung ins Meer vor dem Hintergrund eines Palmenwaldes. Das Tal sah übrigens ähnlich aus wie das Land in Italien, nur mehr Palmen, sonst ähnelt der Bewuchs den mediterranen Landschaften, auch an den Straßenrändern. Es hatte am Tag vorher geregnet, deshalb verweigerte sich die Fahrerin beharrlich unseren Wünschen, ins Innere zu den verwunschenen Ruinen und zerbröckelnden Tikis, den Götter- und Ahnenbildern zu fahren, die Theroux so eindrucksvoll beschrieben hatte. Auch die Menschenfresser-Höhle muss dort verborgen sein, angeblich waren die Wege zu schlecht, um sie zu erreichen. Stattdessen führte uns die Taxifahrerin wieder in das Hauptdorf, wo wir die neue Kathedrale besichtigen sollten und es auch taten. Ein großer luftiger Raum. Daneben lag die Schule, ebenfalls in katholischer Hand. Auf dem Schulhof spielten die Kinder in ihren Schuluniformen recht gesittet. Tiefer um die Bucht herum befand sich ein gepflegter Versammlungsplatz am Meer mit nachempfundenen Götterbildern. Auch ein privates kleines Museum, das eine Amerikanerin betrieb, die seit vierzig Jahren auf der Insel lebt. Vergilbte Stiche, ein paar originale Waffen und Darstellungen von geschnitzten Ahnen. Ein persönlich gesammelter Einblick in die Südseekultur.

Die Amerikanerin führt jetzt nach dem Tod ihres Mannes allein das Museum und einen kleinen Pensionsbetrieb mit Restaurant. Eine schöne Anlage, in der ich mir vorstellen könnte, einen etwas längeren Urlaub zu machen. Und dort gab es freies WLAN, sodass mich über 50 Mails erreichten. Waren mir Nachrichten von zu Hause wichtiger als Träume von der Südsee? Das meiste konnte ich wegwerfen und weiß jetzt, dass ich nichts versäumt habe. Die anderen lachten über Michael und mich, die wir, statt in den blühenden Garten zu schauen, um dort zu fotografieren, unsere Displays anvisierten.

Das anschließende Stranderlebnis war enttäuschend, auch hier erinnerte mich der schwarze Vulkansand an das Tyrrhenische Meer in Italien. Ich bin Sylt-verwöhnt mit weißem Sand. Der Pazifik schwappte als dunkle Brühe ziemlich unappetitlich und auch furchterregend auf mich zu, sodass ich es dabei beließ, meine neuen Badeschuhe mit schmutzigem Sand zu füllen. Auf dem Rückweg zum Schiff habe ich doch noch einen kleinen hässlichen Holztiki gekauft. Urig als Geschenk.

Weiter fuhr das Schiff nach Rangiroa, einem Atoll, das »Weiter Himmel« heißt. Die Bilderbuchsüdsee: Flache kleine Inseln, Hotelhütten im Wasser, das türkisfarben aufleuchtet, wenn die Sonne scheint. Wir wollen das Land rund um die Anlegestelle erkunden, einen Ausflug zu einer

Perlenfarm oder eine Schnorcheltour haben Irene, Michael und ich nicht gebucht.

Zurück an Bord, dachte ich noch lange an das wunderbare Atoll Rangiroa, das mich begeistert hat. Wege durch Palmenwälder an den unruhigen Ozean. Wir saßen in einem Lokal, das einer französischen Lady gehörte, seitlich am Tiputa-Pass, einer schmalen Verbindung zwischen Ozean und innen gelegenen Lagune. Auch dort am Kanal noch erstaunliche Brandungswellenbrüche. Uns gegenüber lag das nächste langgezogene Motu – so nennt man die kleinen Inselchen, die sich auf dem Korallenriff der Lagune gebildet haben. Von dort winkte ein nur wenig über die Palmen ragender Kirchturm herüber, er stand in der sogenannten Hauptstadt. Wir saßen auf einer über die See gebauten Terrasse und schauten auf die Brandung des Ozeans, tranken tropischen Saft, der uns jedoch am anderen Tag Magenprobleme verschaffte. Am Nachmittag fuhren wir noch einmal zum Baden mit den schaukelnden Tenderbooten an den Strand der Lagune. Auch ich ging kurz ins Wasser. Angeblich war nicht in der Südsee, wer nicht mit dem Kopf unter Wasser geschnorchelt hatte. Aber ich zog mich schnell wieder an, das Wasser war mir zu warm und lief die palmengesäumten Wege entlang, vorbei an Häusern der Einheimischen, verlottert oder gepflegt. Angeblich machen sich die Leute einfach nichts aus ihrer direkten Wohnumgebung. Die Natur ist schön genug, da sieht man das Verwahrloste kaum.

Bewegt hat mich allerdings die Ausfahrt am Abend. Das Schiff ankerte in der Lagune. Regen zog auf, sodass ich nach oben in die geschlossene Pazifik-Lounge ging. Dann wurde der Anker gelichtet und das Schiff fuhr durch den engen Kanal, ließ mehrmals langgezogenes Tuten als Warnung für Taucher hören. Vorbei an der schönen Meerterrasse, wo ich am Vormittag gesessen und vergeblich WLAN-Anschluss gesucht hatte. Gleichzeitig mit mir hatten drei Besatzungsmitglieder unseres Schiffes die Verbindung in die Außenwelt auf Internetwellen versucht. Wohl alle ohne Erfolg.

Dort oben stand ich während der Ausfahrt, schaute in den diesigen Himmel, auf die beiden Ufer und einen plötzlichen Regenschauer während des Ausbrechens des Schiffes in die Weite. Eine unendliche Traurigkeit des Abschiednehmens ergriff mich wie in einem Traum. So enden Filme. Eine Sehnsucht, die sich nicht erfüllt.

Stattdessen fühlte ich am nächsten Tag Heimweh, als auf dem Bildschirm in der Show-Lounge Bilder von Hamburg gezeigt wurden, während wir auf den Beginn der Ausflüge warteten. »Ich will nach Hause«, rief ich zum Entsetzen von Iris, die alles auf dem Schiff in allen Zügen genießen will.

Papeete, die Hauptstadt von Tahiti, hat mich zu einer schwarzen Perlenkette verführt. An jeder Anlegestelle hat sich ein Markt aufgebaut, der bunte Tücher und vor allem Schmuck anbietet. Und immer bleiben wir stehen. Es gibt wunderschöne kleine Kettchen aus verschiedenen organischen Materialien bis hin zu prächtigen Colliers mit den ungewohnt dunkel schimmernden schwarzen Perlen.

Die Rundfahrt an der Küste entlang hat mir gefallen. Das ethnographische Musée de Tahiti et des Iles, angeblich eines der schönsten im Südseegebiet, war für mich allerdings etwas armselig, wenige Originale an den Wänden, Kopien von Gemälden und Stichen. Die Sammlung wurde 1978 eröffnet, nachdem einige Ausstellungsstücke aus Europa zurückgeholt worden waren. Der Anker der *Adventure,* eines der Schiffe von James Cook, 200 Jahre nach dem Untergang wieder entdeckt, stand im Freien vor dem Museum, war jedoch nicht so eindrucksvoll, dass man im Anblick des schönen Strandes darauf aufmerksam wurde. Dafür brachte der botanische Garten, kurz vor der Landenge zwischen den beiden Inselteilen von Tahiti, einen Eindruck von Üppigkeit, Pracht und gleichzeitig von Beschränktheit, denn zwischen Meer, Uferstraße und den Felsen gab es nur wenig Platz für Entfaltung. Gegründet hat ihn ein Amerikaner, der das Gelände seit 1919 seiner Pflanzenleidenschaft gewidmet hatte. An den Wegrändern standen Schilder zwischen den exotischen Pflanzen, auf denen abgebildet war, was in der religiösen Vorstellung hier nach dem Tod geschieht. Ich habe einige der Abbildungen fotografiert, denn es war kaum Zeit, die Inschriften auf Englisch zu lesen. Das ist natürlich eine Errungenschaft der Technik: Klick, ein Bild und nachher kann man es vergrößern und nachlesen. In diesem blühenden Botanischen Garten wiesen die etwas geisterhaften Zeichnungen schon ins überirdische Paradies. Es wurde gezeichnet und beschrieben, wie die Körper von Herrschern, großen Kriegern oder Priestern präpariert, einbalsamiert und getrocknet wurden, sie verwiesen auf den Weg der Seele, die sich aus den verblassenden Körpern immer mehr löst, in die große Freude hinein, die auf sie wartet. Die Vorstellungen sind überall gleich, ob in Ägypten oder im späteren Christentum, es geht um die Fortsetzung des Seins nach dem Tod.

Jedenfalls entsprechen viele der christlichen Vorstellungen den religiösen Bräuchen der früheren Polynesier. Nicht nur der Seelenweg, auch die Handlungen in der Eucharistie und im Abendmahl. Einverleibung von fremden Kräften anderer Lebewesen oder dem göttlichen Geist.

Als Letztes besichtigten wir einen Kultplatz, der in den fünfziger Jahren vom Meer in ein Tal verlegt worden war. Alle möglichen Reste für den Altar und ein paar Götterbilder waren dort gesammelt. Selbst dieser restaurierte Platz im Wald hatte noch eine mystische Atmosphäre mit all den fremdartigen Skulpturen.

Die Reiseführerin war Deutsche. Eine junge Frau, die schon seit einigen Jahren auf Tahiti lebte. Ich kam mit ihr ins Gespräch und sagte dann scherzhaft, sie wäre wohl der Liebe wegen geblieben. Nein, sagte sie, sie lebe allein. Könne sich keinen anderen Ort der Welt zum Leben vorstellen. Wegen des Klimas.

Tahiti wurde 1767 erst von Engländern entdeckt, dann wenig später von den Franzosen vereinnahmt. Der Forschungsreisende Louis de Bougainville nannte sie Neu-Kythera, eine Liebesinsel. James Cook, der die Insel zweimal besuchte, war über das lockere Liebesleben der Eingeborenen schockiert, seine Mannschaft begeistert. Heute wachen Familie und Kirche darüber, ob erfolgreich, wer weiß das schon.

Am Abend aßen wir an Deck im warmen Abendwind. Blick auf den Sonnenuntergang, die den Hügel hinauf blinkende Stadt Papeete und den Hafen mit Containern von Hamburg Süd. »Blankenese, die Elbe und der Hafen«, schwärmte ich vor meinen Reisegefährten, natürlich ein bisschen provozierend.

Heute ankern wir vor Bora Bora, das heißt »die Schöne«. Noch schaue ich vom Schiff aus auf grüne geschwungene Hügel vor dem Vulkangestein. Beobachte die engen Öffnungen des Riffs, die wechselnden grün-blauen Streifen des Wassers.

Die vorherige Insel Moorea, schnell von Tahiti aus zu sehen und zu erreichen, hat mir gestern noch besser gefallen. Kleine, manchmal gepflegte Ansiedlungen, Strände, die ganz sanft in die Lagune abfallen. Um zu tauchen oder zu Schnorcheln hätte man lange hinauslaufen müssen. Wir besuchten zum Abschluss ein historisches Dorf mit älteren, traditionellen zweistöckigen Gebäuden. Mich erinnerten sie an die Schilderung der zweistöckigen Häuser bei den Forschungen Margret Meads, die sie detailliert auf Papua-Neuguinea beschrieb.

Am Strand lag ein zauberhaftes Restaurant. Jetzt am Nachmittag genauso leer wie die Stuhlreihen des Theaters mit Blick auf die Lagune. Rote Blüten säumten den Lagunenrand.

Nun das sind ja alles nur Stippvisiten. Raimund, unser Guide, ein Straßburger, 69 Jahre, war als junger Soldat wegen der schönen Frauen auf der Insel hängen geblieben. Er pries alles in den höchsten Tönen, auch seine inzwischen älter gewordene Frau.

Am Belvedere, nicht weit vom höchsten Berg Mooreas, dem 1207 Meter hohen Mont Tohiea, überblickte man zwei tiefe Buchten im Norden, die Cook-Bucht und die Opunohu-Bucht und in jeder ankerte ein Kreuzfahrtschiff! Die restaurierten Kultstätten, die wir diesmal besuchten, Afareaito und Titiroa, Teile einer Siedlung aus dem 13. Jahrhundert, lagen mitten im Land. Große schwarze Steinrechtecke, Zeremonialplattformen mit hochgeschichtetem Altar, der dort wie ein riesiges Bett zum Opfer einlud, wohl auch von Menschen. Uralt die Kastanienbäume darüber. Überhaupt war ich erstaunt über den dichten Baumbewuchs, der im Inneren nicht aus Palmen besteht. Die säumten nur die Uferstraßen und umhüllten die Resorts, über deren Übernachtungspreise ehrfurchtsvoll verhandelt wurde. Aber Raimund warnte: Dort sei nicht das wahre Moorea. Es gäbe auch kleine Pensionen, wo es nur 100 oder 200 Euro kostet! So wurde mir wieder klar, dass ich mit der Kreuzfahrt die billigste Südseevariante gewählt hatte.

Die bizarren Vulkane im Inneren wurden natürlich mit hunderten von Fotos von uns gewürdigt. Ihr majestätisches abweisendes Grau bildet einen aufregenden Kontrast zur Üppigkeit der ufernahen Landstriche.

Samoa, Apia, am 4. Februar. Nach dem Datensprung. Je nachdem, aus welcher Richtung man sich diesem Null-Meridian nähert, verliert oder gewinnt man einen Tag. Gestern fiel für uns einfach aus. Dabei waren wir an diesem Tag in PagoPago, wo man den 2. Februar schrieb. Kein Gefühl, dass etwas fehlt. Es ist schon eigenartig: Amerikanisch-Samoa auf der einen Seite der Datumsgrenze, das selbstständige West-Samoa, das allerdings mit Neuseeland wirtschaftlich verbunden ist, auf der anderen. In beiden Teilen wird dieselbe Sprache, dieselbe Kultur gepflegt. Sogar die Kolonialsprache Englisch ist gleich.

Die etwas nachlässige Art in Amerikanisch-Samoa gefiel mir ganz gut. Nichts war organsiert. Wir mieteten zu mehreren einen Bus und fuhren herum. Ich hatte immer noch das vernichtende Urteil von Paul Theroux über

Amerikanisch-Samoa im Gedächtnis. Aber es gab eine sehr beeindruckende Stätte des Gedenkens für die Tsunami-Opfer 2009, eine damals zerstörte Kirche, die in voller Pracht wieder aufgebaut wurde, wie die meisten Kirchen im europäisierten Stil. Soldatengräber sind hoch über dem Meer zu sehen und erinnern an die Kriege. Wir sehen ein Lava-Feld, das bei Flut »atmen« soll, indem Luft ausströmt.

Wir besuchten ein Museum wegen des kostenlosen WLANS, wo die Verbindung zur alten Welt endlich wieder gelang. Ich nahm mir einen Prospekt mit, in dem sogar der Besuch beider Samoas empfohlen wird. Und es gibt darin genaue Vorschriften, wie man sich in beiden Teilen benehmen sollte: Kleidung tragen, die möglichst den größten Teil des Körpers bedeckt, selbst beim Schwimmen – am Sonntag nicht erwünscht – soll man anständig bekleidet sein – keine Bikinis. Jeden Abend in der Dämmerung wird gebetet, der Gast sollte respektvoll bis zum Ende warten.

Gestern Abend aßen wir oben an Deck. Es war zauberhaft die Ausfahrt aus dem Hafen von PagoPago unter einem dramatischen Himmel zu erleben. Wir tranken Wein und vor uns an der Reling standen immer wieder Scharen von Männern, um den Sonnenuntergang fotografisch zu dokumentieren.

Heute Morgen Ankunft in Apia, der Hauptstadt des seit 1962 unabhängigen Staates West-Samoa. Um diese Insel stritten sich Ende des 19. Jahrhunderts Engländer, Franzosen und Deutsche. Erst mit Verzögerung wurden wir für die Ausflüge abgeholt, weil die Hafenbehörden auf sich warten ließen, bis sie das Schiff freigaben. Kamen sie einfach nicht rechtzeitig aus dem Bett?

Im Unterschied zum amerikanischen Teil, wo das Schiff uns einfach ablud, war hier alles gut organisiert, auch wenn zwei Busse, wie ich hörte, auf dem Weg ins Land liegen geblieben sind. Alles wirkt sauberer als auf den anderen Inseln, die Häuser und Kirchen strahlten blendend weiß. Sehr schön war der Besuch in Vailima, dem Robert-Stevenson-Haus oben in den Bergen über Apia. Es wirkte sehr herrschaftlich-kolonial, sehr englisch, vom Klima abgesehen. Dabei war Stevenson doch vertraut mit den Eingeborenen und auch an primitive Unterkünfte gewöhnt. Sogar ein Kamin, der eine Finte war, stand dort, ebenso ein Klavier, das in der Feuchtigkeit bestimmt nicht klingen konnte.

Aber die Leute im Bus, diese Touristen! »Muss man wissen, wer dieser Stevenson war?«

Ganz nah dran empfanden wir uns bei packenden Folklore-Tänzen und Demonstrationen der traditionellen Lebensweise in einem Museumsdorf auf der Rückfahrt. Ein schöner, am ganzen Körper über und über tätowierter Mann zeigte alles und hob sogar sein Röckchen über die Hinterbacken, schaute sehr herrisch-selbstbewusst auf uns herab.

Heute Nachmittag wollte ich mich noch einmal allein auf den Weg in die Stadt machen, aber es war doch sehr heiß und vor allem wurde ich ziemlich angemacht: Händler, Taxifahrer und zwei kleine Mädchen, die mir Blumen in die Hände drückten und hinterher Geld forderten. Ich gab sie ihnen zurück, wurde beschimpft und kehrte zum Schiff um.

Nur noch eine Südseestation erwartet uns: Tonga. Mein Interesse für den letzten neuseeländischen Teil ist noch nicht geweckt. Bin so langsam in Gedanken auf dem Weg nach Hause. Es war nicht falsch diese Reise zu tun, aber mir wird klar, wie viel mehr ich mich doch wieder in meiner Heimat einwurzeln möchte.

Tongatapu, die größte der »Freundschaftsinseln«, wo James Cook so herzlich willkommen geheißen wurde, auch »heiliger Süden« genannt, war als Königssitz verboten für die einfache Bevölkerung, was natürlich heute nicht mehr gilt. Auch wir Fremden sind willkommen, sogar beim König selbst, der inkognito gleich morgens an Bord kommt. Sein Vater, berühmt für seine Beleibtheit, hat früher einmal Geld gescheffelt, indem er Pässe an Ausländer verkaufte, aber die Zeit ist wohl vorbei, auch wenn es vielleicht noch Begehrlichkeiten nach einem Domizil im Königreich geben könnte.

Eine flache Insel ohne hoch und grau drohendes Vulkangestein, die Hauptinsel im Süden des Staates Tonga mit der Hauptstadt Nuku'alofa. »Ort der Liebe« soll das übersetzt heißen. Mit besonders üppigem Pflanzenwuchs. In der Literatur viel gescholten als nicht mehr ursprünglich. Aber macht das nicht auch einen Reiz aus? Sollen die Eingeborenen in einem Reservat, in einem Museum leben, damit wir in das von uns gewünschte »Paradies« schauen? Mit einer Ahnung von Ursprünglichkeit die Reste bestaunen und dann diese vielfältigen Einflüsse beurteilen, positiv wie negativ?

In der Stadt außer dem Königspalast einige schöne Häuser, alles weiß. Solide Kirchen aus Stein. Die Soldaten des Königs verboten uns, den Palast im Kolonialstil sogar durch das Gitter zu fotografieren. Den Friedhof der Königsgräber durfte man nicht betreten. Die Rundfahrt war für mich toll. Nein, es ist keine Insel der idealen stein- und korallenfreien Badestrände, dafür eine der wenigen, wo die Geschichte gepflegt wird. Allerdings auch im Sozialen. Es gibt zwei Sprachen, eine des gewöhnlichen Volkes und eine des Adels, wie auf vielen Inseln der Südsee. Das erinnert an das Französisch am Preußischen Hof, das von den Bediensteten nicht verstanden wurde. Eine der Möglichkeiten, Privatheit zu erleben, gleichzeitig eine Ständegesellschaft, die in Gefahr ist, den Kontakt zu den Untertanen zu verlieren. Damals jedenfalls.

Ein aus rohen Korallenblöcken gebildeter Torbogen im Norden der Insel stammt aus der frühen Zeit der Besiedelung um 1200 nach Christus, so rätselhaft wie Stonehenge, vielleicht das Tor zu Resten eines alten Königspalastes. Einer von drei davon ausgehenden Wegen weist genau an der Stelle zum Meer, wo im Juni die Sonne zur Tag- und Nachtgleiche der südlichen Halbkugel aufgeht. Diese astronomische Bedeutung hat der vorige König erforscht. Nicht weit davon Häuptlingsgräber, ebenfalls aus Korallengestein, terrassenförmig angeordnet wie die Altäre der Etrusker. Vergitterte Läden mit kleinen Eingängen, die Chinesen oder Indern gehören sollen. Ich denke an die Erfahrungen von Paul Theroux dort auf den Inseln. Das Stehlen ist nach ihm eine Art Nationalsport. In den Märchen der Südseeinseln werden Meisterdiebe sogar hoch geehrt. Ein paar Tage kommt man als ertappter Dieb in das inseleigene Gefängnis, in der Mitte gelegen. Das fehlende Unrechtsbewusstsein kommt noch aus den Zeiten, als alles selbstverständlich geteilt wurde, vor hundert, zweihundert Jahren. In der alten polynesischen Sprache gab es die Begriffe »mein« und »dein« gar nicht. In jedem Familienclan konnte sich jeder mit allem bedienen. Und wenn es zu Hause nichts zu essen gab, ging man eben zu Nachbarn.

Zum Schluss wurden wir in ein Museumsdorf gebracht. Dort wieder Demonstrationen von Tänzen. Die jungen Mädchen, wie die meisten hier von einem stämmigen Typus, lassen ihre Hände mit weichen Bewegungen schweben, die Arme mit glänzendem Kokosöl eingerieben, die jungen Männer dagegen ihre Muskeln spielen und ihre Tänze und Schreie simulieren ein Kriegs- und Imponiergehabe.

Ich habe bei den Tänzen, die uns auf verschiedenen Inseln geboten wurden, keine Unterschiede festgestellt, aber das liegt vermutlich an meiner Unkenntnis.

Wir erleben die Südseeküche mit der Zubereitung im Umu, dem traditionellen Erdofen. Darin garen für Stunden Süßkartoffeln, Yamswurzeln, Fleisch, alle Gemüsesorten und Kokosnüsse. Der schön bemalte Tapa-Stoff aus bearbeiteter Baumrinde, den sich die Menschen einfach um den Bauch binden, macht sie unförmiger als sie sowieso schon sind. Er hängt an ihnen wie ein Schutz oder Panzer. Ganz anders die fließenden Stoffe der Pareos, die überall flattern und von denen alle Frauen einen an Bord mitnehmen. Beim Kauf wird gezeigt, wie man sie umbindet, als einfachen Wickelrock, als Kleid im Nacken geknotet oder in raffinierten Bindungen, die man allerdings schnell vergisst.

Unsere kleine einheimische Reiseführerin gab uns viele Informationen über das Leben hier. Wie überall wird auch von ihr die Wichtigkeit der Familie betont. Im Königshaus, in Kirchen, in Schulen und sogar im Elternhaus herrscht strenge Geschlechtertrennung! Mädchen und Jungen haben eigene Bereiche. Und nach der Hochzeitsnacht schauen die alten Tanten sich immer noch das Bettlaken an. Die Mormonen, größte Glaubensgemeinschaft in Tonga, deren Tempel durch ihre Bauweise nicht so auffallen wie die vielen kleinen Kirchen auf den anderen Inseln, werden die mit den Missionaren gekommene Moral noch verstärkt haben. Eine durch und durch konservative Gesellschaft, der Adelsstand von etwa 33 Familien spielt immer noch eine entscheidende Rolle in der Gesellschaft. Die Mutter des schwergewichtigen Vaters des jetzigen Königs, die Königin Salote, ist am Hafen-Kai und mit Straßennamen präsent. Queen Charlotte, natürlich. Sie war sogar bei der Krönung von Elisabeth II. in London dabei. Es scheint den Tongaern auch wichtig, die Erinnerung an ihre Geschichte zu bewahren, weil sie wissen, deshalb kommen die Fremden. Allerdings dürfen Nicht-Tongaer kein Grundstück kaufen, nur Einheimische.

Zum Abschied spielte eine Polizeikapelle, die mit einem Bus herangekarrt worden war. Und gleichzeitig hüpften ein paar mit Palmblättern geschmückte Tongaer direkt vor dem Schiff, trommelten dagegen an und ließen einen dumpfen Ton aus einer großen Muschel erklingen. Ein Musiksalat alt gegen neumodisch.

Beide für Geld engagiert?

Nach Hause geflogen aus der Südsee bin ich von Auckland aus. Es war schon sehr eigenartig, plötzlich wieder in einer westlichen Metropole zu sein. Ja, als Großstädterin aus Hamburg war ich sehr beeindruckt. Aber was habe ich mir am letzten Tag vor meinem Abflug angeschaut? Das Auckland-Museum, das größte Maori-Museum weltweit. Diese erstklassigen Exponate von Schnitzereien, Kunst- und Alltagsgegenständen der Südseebewohner habe ich gar nicht erwartet. Eine Schau mit Tänzen war höchst professionell und machte deutlich, was für ein stolzes und schönes Volk die Polynesier sind. Die Maoris, die in Neu-Seeland nur englischsprachig aufgewachsen sind, lernen jetzt wieder ihre Sprache. Schon James Cook und vor allem sein Reisegefährte Georg Forster waren erstaunt, dass sich offensichtlich auch Polynesier von weit entfernten Inseln noch verstehen konnten. Das Interesse an einer gemeinsamen Sprache, wenn auch mit vielen Unterschieden, könnte zu einem neuen Verständnis ihrer Identität beitragen.

Was bleibt? Farben und Formen, die kurz vorm Einschlafen auftreten. Strände, Vulkanfelsen, Palmenwälder. Und die Betroffenheit, dass Iris zwei Tage nach der Reise zusammengebrochen ist und im Krankenhaus ins künstliche Koma versetzt wurde, um erst einmal herauszubekommen, was ihr fehlt. Ihre Tochter rief mich an.

Was es genau ist, können die Ärzte nicht sagen. Und dass sich Iris an einer Koralle geschnitten hat und sich die Wunde dann gerötet hat, wusste ich auch nicht. Ein Gerinnsel in der Lunge, gelegentlich Fieber, zu hoher Blutdruck und immer noch liegt sie mit Schläuchen auf der Intensivstation.

Reisen kann gefährlich sein. Aber auch einen Bazillus heranzüchten, der nach mehr verlangt.

Meine erste Erfahrung mit einer Südseereise verstärkte mein Begehren, mehr zu erfahren und zu erleben, sodass ich plante, noch einmal dorthin zu reisen. Doch erst einmal wollte ich mich geistig auf die Spuren berühmter Forscher und Künstler begeben, die von Europa oder Amerika aus die Südsee erforschten und erlebten.

Wie begann die Geschichte der Entdeckungen?

Die Spanier und Portugiesen waren die ersten, welche die Südsee für sich eroberten, als Handelsstützpunkt und Missionsgebiet, autorisiert vom König und vom Papst. Die Magellan-Straße als Durchgangspunkt zwischen Südamerika und Feuerland, 1520/21 entdeckt, öffnete den Weg zu den exotischen Inseln mitten im Ozean.

Ursprünglich waren die Inseln unbewohnt. Aber immer wieder gab es Zeiten, in denen neues Land erobert wurde. Die Menschen hatten die Wahl, sich entweder vom häuslichen Ausgangspunkt ins unbekannte Landesinnere vorzuwagen, wo die Gefahr bestand, dass feindliche Volksstämme sie bekriegten, oder hinaus ins Ungewisse der Meere zu fahren, in der Hoffnung, auf unbewohntes Land zu stoßen, um eine neue Lebensgrundlage für ihre Gemeinschaft zu finden.

Die Besiedlung der im riesigen Ozean schwimmenden Inseln war schon ein Geniestreich, wenn man bedenkt, dass die ersten Siedler sich ab circa 1500 vor Christus von Asien aus ins Unbekannte wagten. Ein Seefahrervolk bildete sich heraus, Schiffsbau- und Navigationskünstler, die sich an Wind und Wellen orientierten. Dafür bauten sie in der gesamten Südsee Auslegerboote, die entweder mit Stechpaddeln fuhren oder gesegelt wurden. Der Ausleger wurde bewegt und benutzt, um zu bremsen oder die Geschwindigkeit zu erhöhen, wenn er in die Richtung zeigte, aus welcher der Wind wehte. Oder sie verwendeten Doppelrumpfboote, Vorläufer der Katamarane. Die späteren europäischen Entdecker konnten nur staunen über diese seetüchtigen Kunstfertigkeiten.

In den Aufzeichnungen der Entdecker und frühen Reisenden werden, die mit Stöcken und Muscheln hergestellten berühmten »Seekarten« der Südseeleute beschrieben, welche Strömungen, Winde, Richtungen und sogar bestimmte Routen zu anderen Inseln anzeigten. Mit den Händen und mit Hilfe der Sternpositionen am Himmel bestimmten die Polynesier die Position beim Segeln. Warum sie immer wieder erneut aufbrachen in die unbekannte Weite des Ozeans? Es könnte ja hinter dem Horizont immer noch ein besserer Ort liegen, so haben sie wohl gedacht. Eine Mentalität der Neugier. Doch schon zur Zeit, als Fanny, die Frau des Schriftstellers Robert Louis Stevenson ihr Tagebuch schrieb, Ende des 19. Jahrhunderts, konnten nur noch alte Häuptlinge die Karten richtig deuten. Heute sind die Nachfahren stolz und versuchen, sich die vergessenen alten Kenntnisse wieder anzueignen. Einige der »Karten«-Objekte sind in europäischen Museen gelandet, leider ohne genaue Erläuterungen.

Den ersten Entdeckern, die kamen, den Portugiesen und Spaniern, ging es nicht um neue Lebensräume, sondern immer nur darum, Gold aus einem sagenhaften Reich zu erbeuten. Don Alaro de Mendana entdeckte 1595 die abgelegenen Marquesa-Inseln bei seinen Reisen von Südamerika aus.

Fast zweihundert Jahre später geht es dann um die Vermessung der gesamten Welt, um die Suche nach einem südlichen Kontinent, der ein Gegengewicht zu den nördlichen Gebieten bilden sollte. Das war die Zeit der Engländer und Franzosen. Als Erster kam der Engländer Samuel Wallis nach Tahiti, etwas später der Franzose Louis de Bougainville. Aber Symbol aller Entdecker wurde dank seiner Neugier und seiner genialen kartografischen Kenntnisse der Brite James Cook, der insgesamt drei Expeditionen durchführte, die durch die Royal Society in London ausgerüstet wurden. Damals gab es nur unvollständige Karten oder Darstellungen der Welt, nie im richtigen Maßstab. Heute, wo wir jedes Eckchen der Erde auf Karten oder Google Maps verzeichnet nachprüfen können, heute, wo nicht einmal das Universum eine unbekannte Größe ist, können wir kaum ermessen, was Menschen wie Cook damals wagten, die ins Unbekannte aufbrachen, völlig ungewiss, was sie erwartete. Die Karriere von James Cook zeigte, dass begabte Menschen – vorausgesetzt diese Begabung wurde erkannt – auch in seiner Zeit eine Chance hatten, große Bedeutung zu erlangen. Cook war der Sohn eines Tagelöhners, erhielt durch den Arbeitgeber seines Vaters die Chance zur Schule zu gehen, kam zur Handelsschifffahrt, später zur Königlichen Marine und als Krönung wurde er zum Kommandanten befördert.

Ein Auftrag der Royal Society, der königlichen wissenschaftlichen Akademie in England für seine erste Reise von 1768 bis 1771, war die Beobachtung eines für die Wissenschaft spektakuläres Ereignis: den äußerst seltenen Transits der Venus vor der Sonne am 3. Juni 1769. Erstaunlich, was die wissenschaftliche Astronomie damals schon wusste, nicht nur wegen der Suche nach einem sechsten Kontinent, sondern auch wegen einem selten zu beobachtendem Ereignis am Himmel, und deshalb eine Expedition ausrüstete. Dieser »Venus-Point« kennzeichnet heute den nördlichsten Punkt Tahitis mit einem Leuchtturm, der 1867 als Erster im Südpazifik errichtet wurde und jetzt beliebter Touristenanziehungspunkt ist. Über Cooks weitere Reisen werde ich noch schreiben.

Ende des 18. Jahrhunderts erreichte der Franzose Etienne Marchand die Inseln und dann geht es hin und her im heutigen Französisch-Polynesien. Zunächst missionierten die englischen Protestanten, dann die katholischen Priester aus Frankreich, bis 1842 die Franzosen das ganze Gebiet annektierten.

Die Katholiken entsprechen offensichtlich der Mentalität der Bewohner mehr als die Protestanten. Deren heiligen Handlungen von Kommunion und Einverleibung sind ihnen von ihrer Schamanenreligion vertraut, aber auch die katholische Religion konnte nicht verhindern, dass die Bevölkerung dramatisch schrumpfte. Schuld waren vor allem Infektionskrankheiten wie die Syphilis. Die europäischen Seeleute, vor allem die Walfänger machten Station auf den Inseln und brachten ihnen die Ergebnisse ihres wüsten Lebens mit: Krankheiten und Alkohol. 1795 gelang es Joseph Carpi, einem der später »Beachcomber« genannten Walfänger, sich von der schweren Arbeit an Bord abzusetzen und eine Häuptlingstochter zu heiraten. Für einen weißen Mann war es verhältnismäßig einfach, in die höchsten Adelskreise der sehr hierarchisch aufgebauten Gesellschaft der

Eingeborenen hineinzuheiraten und dann als Herrscher dort zu walten oder zu wüten.

Ein katholischer Bischof im 19. Jahrhundert mit Namen Ildefon Dordillion versuchte zwar, den Bewohnern ihre Kultur weitestgehend zu lassen. Er wird von allen als gütiger Landesvater geschildert, dennoch wurden den Eingeborenen ihre Sprache, ihre Tänze und das für ihre Identität wichtige Trommeln von der französischen Besatzung verboten.

Im 19. Jahrhundert starben fast 60 Prozent der Polynesier an Zivilisationskrankheiten. Aber auch an der Lepra, eine altvertraute Geisel auf vielen Inseln. Die Einheimischen sahen bald keine Perspektive für ihr Leben mehr, Depressionen und Selbstmorde breiteten sich aus, besonders auf den abgelegenen Marquesas. Erst langsam wurde das Selbstbestimmungsrecht der Völker anerkannt und heute suchen alle, Einheimische und Ethnologen, nach den Überbleibseln der polynesischen und marquesanischen Kulturen, um sie mit Stolz wieder zu beleben.

James Cook und Georg Forster

James Cook, dessen Name vor allem mit den Entdekkungen der Südsee verbunden wird, ist seefahrerisch von größter Bedeutung. Noch bis weit ins 20. Jahrhundert waren seine genauen Seekarten eine Grundlage für die Navigation. Drei Reisen führten Kapitän James Cook in die Südsee, machten ihn als Entdecker und Navigator weltberühmt. Der wissenschaftliche Ertrag der Reisen, vor allem was Tierwelt und Botanik der Inseln anging, war jeweils immens. Bei seiner zweiten Reise nahm er sogar einen der Eingeborenen namens Omai mit nach England, der bei Hof und in geselligen Kreisen ein gelehriger und gern gesehener Exot war. Auf seiner dritten Reise führte er diesen Mann wieder zurück nach Tahiti, wo er, obwohl er nicht den polynesischen Adelskreisen mit etwas hellerer Haut angehörte, die sich vom gemeinen Volk dadurch unterschieden, ebenfalls als »Europäer« Furore machte. Cook war durchaus ein Mann der Völkerverständigung.

Auf seiner zweiten Reise begleiteten ihn zwei Deutsche: Der Pastor Johann Reinhold Forster und sein Sohn Georg, der in seiner ausgezeichneten Reisebeschreibung die verschiedenen Begegnungen mit den Eingeborenen sowie seine naturwissenschaftlichen Entdeckungen festhielt.

Dieser junge Mann, 1754 in Deutschland bei Danzig geboren, 1766 als Kind schon nach England gelangt, begleitete seinen Vater Johann Reinhold auf der zweiten Reise von James Cook, die von 1772-1775 dauerte. Schnell wurde an Bord erkannt, dass der Sohn besser zu Cook passte als der Vater, mit dem es zu Spannungen kam. Er war jähzornig und wurde einmal sogar von Cook in Gewahrsam genommen. Für den Sohn war es schwierig und blieb es, als später seine Reisebeschreibungen einen größeren Erfolg hatten als die seines Vaters.

Johann Reinhold Forster und sein Sohn Georg Forster in Tahiti

Diese Weltreise war einer der Höhepunkte im kurzen Leben von Forster, der durch seine in viele Sprachen übersetzte Reisebeschreibung berühmt wurde, einige Posten als Professor erhielt, sogar Angebote für weitere Reisen, der allerdings in den Wirren der Revolution sein Leben durch Krankheit und untröstlichen Kummer, über den Verlust seiner Ehefrau an ihren Geliebten, mit 39 Jahren in Paris verlor.

Diesen ersten Entdeckungsreisen, die noch echte Abenteuer waren, folgten dann die Erschließung und Vereinnahmung durch Handel, die Missionierung und die Kolonialisierung der Südsee. Cook und auch Forster jedoch hatten durchaus nicht nur ein großes Interesse, sondern auch Respekt vor den Einheimischen, deren Zahl durch die Gefahr ansteckender Krankheiten oder Verschleppung dezimiert wurde. Was das für die Ureinwohner bedeutete, ahnte Georg Forster bereits damals:

»Wahrlich! Wenn die Wissenschaft und Gelehrsamkeit einzelner Menschen auf Kosten der Glückseligkeit ganzer Nationen erkauft werden muss, so wär' es, für die Entdecker und Entdeckten, besser, dass die Südsee den unruhigen Europäern ewig unbekannt geblieben wäre.«

Die freizügigen Frauen, die an Bord kletterten und deretwegen die Seeleute fast verrückt wurden, hat der gut zwanzigjährige Georg Forster genau beschrieben, sich aber wohl von ihnen ferngehalten, wie das von einem anständigen jungen Mann aus guter Familie erwartet wurde, der auch noch seinen Vater als Begleiter dabeihatte. Offiziere und Wissenschaftler hatten sich anders zu verhalten als die Matrosen an Bord.

Forsters Reisebeschreibung hat jedoch dazu beigetragen, dass die Südsee als Ziel einer Ursprünglichkeit zum Mythos wurde. Über die Lebensart der Eingeborenen schreibt er:

»Der ruhige vergnügte Zustand dieser guten Leute, ihre einfache Lebensart, die Schönheit der Landschaft, das vortreffliche Clima, die Menge gesunder wohlschmeckender Früchte – alles war bezaubernd und erfüllte uns mit teilnehmender Freude … wo endlich alle Bedürfnisse des Lebens einem Jeden fast ohne Mühe und Handanlegung zuwachsen: Da müssen Ehrgeiz und Neid, natürlicherweise, beynahe gänzlich unbekannt seyn.«

Besser kann man nicht ausdrücken, welche utopischen Vorstellungen sich in Europa mit dem Südseeparadies verbinden. Aber Forster ist auch einer der Ersten, der die dunkle Seite der Eingeborenen auf erstaunlich verständnisvolle Weise dokumentiert. Schon James Cook hatte auf seiner ersten Reise Zeugnisse von Menschenopfern erlebt, das Problem und die Gefahren waren also nicht unbekannt. Erst als Forster selbst miterlebte, wie ihm Eingeborene schilderten, dass sie ihre Feinde töten und essen würden und als er tatsächlich einmal menschliche Reste fand, glaubte er es, vermutete aber auch, dass es rituelle Gründe dafür gab und keineswegs aus Hunger geschah. Zunächst dachte er, es geschehe aus einer »Begierde nach Rache«. Da bestimmte Körperteile eine Rolle dabei spielten, wie Augen und Zunge, wurde ihm deutlich, dass es darum ging, sich das »Mana« eines Menschen einzuverleiben. Auch mit anderen für Europäer unerträglichen Maßnahmen kam er in Berührung. Es gab Mitglieder eines adeligen Geheimordens, die alle ihre Kinder gleich nach der Geburt töteten.

Forster interessierte sich besonders für die farbenprächtige Vogelwelt der Südsee, die er sehr naturgetreu in all ihrer Farbigkeit zeichnete. Bestimmte Vogelfedern waren ein kostbarer Schatz der Polynesier. Aus den Federn bestimmter Vögel wurden rituelle Umhänge gefertigt. Vermutlich hatten einige von ihnen Götterstatus. So erlebte Forster, wie eine Häuptlingstochter, die ihn durch ihre Gestalt und lieblichen Bewegungen bei Tänzen entzückt hatte, ihn verabscheute, nachdem er einen Eisvogel erlegt hatte.

Einer der ersten Bewunderer von Forster war der Fürst Franz von Anhalt-Dessau. Er empfing den zurückgekehrten jungen Wissenschaftler, mit dem ihn auch die Freimaurerei verband, und war sehr interessiert an Objekten aus der Südsee. Wer heute den Park von Wörlitz besucht, findet dort einen kleinen Pavillon mit Südseeartefakten, die Forster dem Fürstenpaar geschenkt hatte. Es sind etwa 30 Objekte und gleich nach seinem ersten Besuch wurde der Auftrag für den Bau eines Südseepavillons erteilt. Er hatte dort als geehrter Gast mehrere Wochen verbracht. Die Schenkung lohnte sich für ihn, denn der Fürst gab ihm 100 Louisdor dafür, eine beträchtliche Menge. Forster kam noch zweimal nach Wörlitz, dann gab es eine Entfremdung. Forster, der sich gegen Standesunterschiede wehrte – schon in der Südsee war ihm negativ aufgefallen, wie hierarchisch die Gesellschaften dort organisiert waren – wurde bei einem erneuten Besuch abgewiesen. Nicht nur sein Vater hatte einen komplizierten Charakter.

1776 bis 1779 dauerte die dritte Reise Cooks, die ihn nicht wieder nach England führen sollte, sondern in seinen Tod. Nach der Abreise von Hawaii wollte er umkehren, weil er ein Beiboot vermisste, das gestohlen wurde. Er ließ in derselben Bucht wie am Tag zuvor ankern und hatte dann wohl trotz seiner Kenntnisse ihm unbekannte Regeln der Eingeborenen nicht beachtet. Vielleicht hätte er einfach nicht zurückkommen dürfen, was als Zeichen von Schwäche ausgelegt wurde? Oder war ein Gott beleidigt worden? Selbst Zeugenaussagen brachten keine letzte Klarheit.

Er wurde ermordet und zerstückelt. Er, der so viel über die freundlichen Bewohner der Inseln bezeugt hatte, wurde ein Opfer entweder eigener Überheblichkeit oder aber der dunklen Seite der eingeborenen Bevölkerung, die in der Euphorie über die Entdeckungen vergessen wurde.

Ohne die Reisen von James Cook wären die völkerkundlichen Museen der Welt leerer. Die bedeutendsten Artefakte stammten aus seiner Sammlung, geschenkt, gekauft oder getauscht: Prächtige Königsmäntel aus seltenen Vogelfedern, Kultkleidungen, Masken und kunstvoll geschnitzte Alltagsgeräte, zu sehen in London, Wien oder Paris.

Captain James Cook
1728-1779

Arbeitsort für Künstler: Gauguin, Nolde, Pechstein

Vor allem Künstler sind den Entdeckern gefolgt, man kann auch sagen aus Europa in ein ersehntes Paradies geflohen, wie Gauguin. Der hatte den Südseeroman *Le Mariage de Loti,* von Pierre Loti, einem Marineoffizier und französischem Schriftsteller, gelesen, einem reisesüchtigen Weltenbummler des 19. Jahrhunderts, dessen Roman seine Lebensgeschichte als ehemaliger Seeoffizier schildert, der nach Tahiti ging. Tahiti wurde so nach den Entdeckungsreisen zum Inbegriff der Südseeromantik. Seit der Zeit Cooks träumte das intellektuelle Europa von diesem Paradies. Bereits Klopstock wollte dort eine Poetenkolonie gründen, Goethe hatte von Tahiti geträumt, um seine Laune zu bessern. Der Exotismus fungierte als Sehnsuchtsort aus dem Alltag.

Kaum jemand hat im europäischen Bewusstsein so stark das Bild der eine Erfüllung aller Bedürfnisse und der Freiheit verheißenden Südsee verkörpert wie Gauguin. Im Buch *Noa Noa* über die ersten zwei Jahre in Tahiti schreibt er euphorisch:

»Die Zivilisation fällt nach und nach von mir ab. Ich beginne, einfach zu denken, nur noch wenig Hass für meinen Nächsten – ja, eher Liebe zu empfinden. Ich genieße alle Freuden des freien animalischen Lebens. Ich entfliehe dem Erkünstelten, ich nähere mich der Natur: mit der Gewissheit, dass der kommende Tag dem heutigen gleich sein wird, genauso frei, genauso schön, senkt sich der Friede in mich; ich entwickele mich normal und habe keine eitlen Sorgen.«

Besser lässt sich die Erwartung nach einem besseren, für ihn einfacheren Leben kaum beschreiben.

Nach herben Enttäuschungen und einem bisher verwehrten Lebensglück kam er 1891 in Tahiti an, gekränkt von der Nicht-Anerkennung seiner Kunst in Frankreich. Nach zwei Jahren fuhr er aus familiären Gründen zurück, ebenso um erneut in Frankreich seine Kunst anzubieten, die neue Impulse durch den Südseeaufenthalt bekommen hatte. Er blieb gefangen in einer ewigen zu seinem Charakter zählenden Unruhe. Dabei hatte er doch kurz vorher in seinem Tagebuch *Noa Noa* das Leben auf der Insel hymnisch besungen. Auch in Frankreich konnte er nicht wieder sesshaft werden, reiste voller Zivilisationsekel wieder nach Tahiti und verbrachte den letzten Teil seines Lebens malend und dem Alkohol verfallen auf verschiedenen Südseeinseln. Auch Tahiti war ihm schon zu »zivilisiert«. Immer von einheimischen Mädchen begleitet, lebte er zuletzt auf der marquesischen Insel Hiva-Oa mit einer 14-jährigen Einheimischen, die für ihn kochte, wusch und ihn liebte. Aber das nützte ihm auch nichts, 1903 starb er, vom Suff und von Syphilis entkräftet.

Auch heute noch, über hundert Jahre nach seinem Tod, prägt Gauguin das Südseebild der Europäer als ein ihrer Lebensauffassung entgegen gesetzten gelobten Landes. Weltumsegler und Kreuzfahrttouristen lassen sich in die Weite und in den Süden locken, im Hinterkopf seine Bilder.

Die Erscheinungen der Menschen dort unten haben sich längst verändert, die Frauen und Männer, wie seine Gemälde sie zeigen, erlebt auch der Tourist nur noch in extra für ihn konservierten Darstellungsformen, wilden, für ihn inszenierten Tänzen. Hartnäckig verkörpert die Südsee die Vision vom besseren, leichteren Leben. Klima, Strände und Palmenwälder tun ein Übriges und lassen die Gefahr, durch die Klimaveränderung zerstört zu werden, beiseite. Die Fluchtpunkte Gauguins sind auch die unsrigen und seine Bilder rühren an etwas, was in uns allen ist: Sehnsucht und Trauer. Sogar die Beispiele einer Gauguin innewohnenden Unzufriedenheit, der nie zu erfüllenden Wünsche. Zeigen seine ersten Tahiti-Bilder schöne zufriedene Menschen, so tragen die Gesichter späterer Bilder aus dem zweiten Aufenthalt Züge einer gewissen Verdrossenheit.

Präsent geblieben ist seine Kunst in den wichtigsten Museen der Welt, in unzähligen Kalendern und Büchern. In meinem Jugendzimmer hing lange eine Reproduktion von *Ta Matete (Der Markt),* wo ägyptisch anmutende Frauen in langen Gewändern sich mit vollendeten Gesten und rätselhaften Gesichtern einander zu- oder abwenden. In seinem Tagebuch notiert er: »Das persönlich Schöne ist das einzig Menschliche.«

Ich möchte noch mehr aus seinem Buch *Vorher und nachher* zitieren, das er 1902 im Januar und Februar geschrieben hat, immer mit dem Refrain »Dies ist kein Buch«, mit Rückblicken und Tagebuchskizzen. »Ich möchte schreiben, wie ich meine Bilder male. Heißt: Nach Lust und Laune«. Oft wird daraus eine wütende Anklage gegen die Kolonialmacht. Dadurch wird deutlich, wie zerstört die Südseekultur um die Jahrhundertwende vom 19. zum 20. Jahrhundert bereits war.

»Bald wird der Marquesier nicht mehr fähig sein, auf eine Kokospalme zu klettern, unfähig, in die Berge zu steigen, um sich dort zu seiner Nahrung wilde Bananen zu pflücken. Das Kind, das man in der Schule einschließt, das körperliche Übungen entbehrt, immer bekleidet geht (Anstandsfrage), verzärtelt sich und wird unfähig, die Nacht im Gebirge zu überstehen. Alle fangen an, Stiefel zu tragen, ihre Füße, die nun verweichlichen, werden die steinigen Pfade nicht mehr gehen, nicht mehr die Bäche auf den Kieseln durchqueren können. Darum betrachten wir das traurige Schauspiel dieser aussterbenden, meist lungenkranken Rasse, mit unfruchtbaren Hüften und die Eierstöcke durch Quecksilber zerstört.«

William Somerset Maugham
1874-1965

Gauguin starb allein und krank 1903 in seinem Haus in Atuana auf der Insel Hiva Oas, wo alle Touristen sein Grab als ein »Muss« besuchen. William Somerset Maugham, auch ein Südseereisender, der als britischer Schriftsteller in Frankreich lebte, machte in seinem Roman *The moon and the sixpence*, 1919 erschienen, deutsch 1927 als *Silbermond und Kupfermünze* veröffentlicht, aus Gauguin einen englischen Maler, aber jeder, der das Buch liest, findet die Parallelen zum Leben des berühmtesten Franzosen, der das Südseeleben nach Europa trug.

Maugham reiste mit seinem Gefährten, während in Europa der Erste Weltkrieg wütete, in der Südsee umher, sammelte Material für Short Stories und für das Gauguin-Buch und schrieb dann darüber. Wie das Leben Gauguins war auch das seine schillernd. Er bekam Kontakt zu der Familie, die Gauguin in den letzten Jahren betreute und der er als Dank drei seiner Gemälde geschenkt haben sollte. Er hatte sie auf Glas in den Türen der Wohnung gemalt, nur eine war noch erhalten. Die konnte Maugham für etwa zehn Dollar kaufen. Nach Maughams Tod wurde sie versteigert.

Die Südsee gehörte in wenigen Teilen einst zu Deutschlands Kolonien, wie in Afrika, wie in China. Im Vergleich zu England und Frankreich waren es winzige Regionen, aber sie boten nicht nur Arbeitsmöglichkeiten für wirtschaftlichen Handel, sondern auch für Verwaltung und Missionierung. In Neu-Guinea, dem Bismarck-Archipel, den Marschall-Inseln und in Samoa hissten Deutsche ihre Flaggen, damals die übliche Form der Besitznahme. Kopra und Phosphat waren die begehrten Produkte. Auf den Spuren der früheren hamburgischen Firma Godeffroy wurde in Herbertshöhe auf Palau und in Apia auf Samoa zu Beginn des 20. Jahrhunderts ein reges deutsches Kolonialwesen gepflegt. Dem machte der erste Weltkrieg 1914 ein Ende.

Sein Beginn überraschte zwei deutsche Künstler, die mit ihren Frauen in die Südsee gereist waren. Die sogenannte wilde oder »primitive« Kunst faszinierte die Maler zu Beginn des neuen Jahrhunderts und sie versuchten, wie vor ihnen der verehrte Gauguin, dort eine Gegenwelt zu finden.

Das ehemalige Hauptquartier der Hamburger Firma Godeffroy in Apia auf Samoa wurde einer der Mittelpunkte des kurzlebigen deutschen Kolonialreiches. In den Publikationen über diese Zeit unterscheiden sich die vor und die nach dem Ersten Weltkrieg. Ein Besucher, Georg Wegener, äußert sich 1903 völlig hingerissen über die Region:

»Alle, die wie ich selbst das unvergessliche Glück gehabt haben, an den schönheitsprangenden Küsten dort jenseits des Erdballs zu weilen … wenn sie nach wochenlanger Fahrt durch fremde Welten die kraftvollen schwarz-weiß-roten Farben über den grünen Palmwipfeln flattern sahen …«, dann kommt ein großer Nationalstolz in die Worte. Und nach dem Krieg äußert sich ein großes Bedauern, keine Kolonialmacht mehr zu sein, sich den »Luxus« nicht mehr erlauben zu können, ja eine Sehnsucht, wieder die alten Verhältnisse zu erleben. Immerhin gibt es aus dieser Zeit wunderbare und informative Fotos. Die herrlichen Landschaften sind auch auf den Schwarz-Weiß-Fotos immer noch zu erkennen, die Schönheit der Menschen ebenso.

Ein zweiter Schwerpunkt der deutschen Südseekolonien war Rabaul, zu Neuguinea gehörend.

Emil Nolde, der dort in der Nähe ein paar Monate verbrachte, kam gerade noch rechtzeitig vor Ausbruch des Ersten Weltkrieges aus der Südsee zurück, nachdem er und seine Frau fast ein Jahr vor allem in Papua-Neuguinea gereist sind, Max Pechstein dagegen wurde in Japan interniert, weil der Erste Weltkrieg ihn in Palau überraschte, das damals unter deutscher Verwaltung stand und konnte erst 1915 zurückkehren. Die Südseegemälde beider Künstler, ihre Zeichnungen und Aquarelle werden heute periodisch immer wieder ausgestellt. Emil Nolde und Max Pechstein vermitteln immer noch in vielen Ausstellungen ein ursprünglicheres Bild der Südsee, als es heute zu finden ist.

Emil Nolde machte sich zusammen mit seiner Frau Ada im Oktober 1913 auf dem Weg in die Südsee. Für die Reise hatte er einen Kredit von 10.000 Mark aufgenommen, aber sich auch an die »Medizinisch-demographische Deutsch-Neuguinea-Expedition« angeschlossen. Ärzte und eine Krankenschwester waren das Personal der Expedition. Da mit der Krankenschwester schon eine Frau dabei war, durfte auch Ada mit, die Nolde in seinen Aufzeichnungen immer »meine Ada« nennt. Natürlich machte er die Reise, um zu malen, aber seine selbst gewählte Aufgabe, die ihn für die Teilnahme legitimierte, war die »Erforschung der rassischen Eigenschaften der Bevölkerung.« Deutlich wird das in den vielen Porträts, die er von den Eingeborenen anfertigte, aber auch dem der Zeit geschuldeten Vokabular eines Interesses am »Primitiven«. Er sucht das Ursprüngliche, »das Fremde, das Urweltliche und das Urrassige«. Bis zum 13. Dezember, also zwei Monate, dauerte die Reise über Russland und Asien von Berlin bis Neuguinea. Ein paar Tage später bezogen die Noldes ihre Hütte oberhalb von Rabaul. Schon auf der Reise hatte Nolde angefangen, Skizzen zu machen. Ihn faszinieren die dunklen kräftigen schönen Gestalten der fremden Menschen. Gleichzeitig kritisiert er in seinen Schriften das Vorgehen der Kolonisatoren und war sich sicher, so wie vor ihm Paul Gauguin, dass das Ursprüngliche in Gefahr wäre, sich zu verlieren.

Emil Nolde
1867-1956

Sie machten Ausflüge, Nolde begleitete die Ärzte bei ihren Forschungen, Ada wurde von den Frauen als Weiße bewundert und machte alle Strapazen mit. Über seine Frau schreibt Nolde in seinen Erinnerungen:

»Meine Ada, die körperlich Schwächste unter uns, überstand am besten alle Strapazen und gesundheitlichen Widrigkeiten. Sie half mir in der schweren trüben Zeit der Krankheit und lebte mit mir, webend Blumen hinein in den großen Teppich der Zeit, der Menschheit zuliebe.«

Nolde war lebensgefährlich an der Ruhr erkrankt und so wurde ihr für ein Jahr geplanter Aufenthalt nach seiner Genesung nur noch wenige Monate ausgedehnt, denn besonders als sie von dem Tod der jungen mitgereisten Krankenschwester erfuhren, spürten sie, dass es besser wäre, nach Deutschland zurückzukehren. Das aber erwies sich als kompliziert und dauerte ebenfalls sechs Monate, denn während der Rückreise brach der Erste Weltkrieg aus. Über Marseille und Genua erreichten sie, als Dänen ausgegeben, im September 1914 ihr Fischerhaus auf der Ostseeinsel Alsen.

Zuhause verarbeitete Nolde weiter seine Skizzen zu den farbgetränkten Südseegemälden, die ihn berühmt machten. Die medizinischen Ergebnisse der anderen Expeditionsmitglieder dagegen wurden vergessen, denn Deutschland besaß keine Kolonien mehr, um die es sich kümmern konnte.

Wenn ich mir Noldes Südseebilder anschaue, die gesättigten überwiegend dunklen Farben, denke ich manchmal, er hat andere Landschaften gesehen als ich. Mein Eindruck von Klarheit bis hin zur Durchsichtigkeit, zu einer schwebenden Zartheit, den finde ich nicht. Bei ihm leuchtet alles in tropischer Fülle. Auf manchen Bildern sehe ich die lastenden Wolken und wüsten Sonnenuntergänge seiner norddeutschen Gemälde schon angedeutet. Beeindruckend sind für mich die Porträts und Gruppenbilder der »Urmenschen« wie er sie nennt. Die meisten vom dunklen Neuguinea-Typ, schwer von Farbe. Polynesiern ist er wohl nicht begegnet, vielleicht ist das der Unterschied?

Dafür beschrieb er einen bestimmten Typ von Aussteigern und Angebern wie man sie heute auf jeder Reise treffen kann. Gescheiterte Künstler oder einfach Spinner. Unangenehm berührt wird er von einem Weißen, der nackt herumläuft und sich mit philosophischen Ideen schmückt. Nach seiner Schilderung ist es sicherlich der frühe Hippie August Engelhardt, der sich ausschließlich von Kokosfrüchten ernährt und der später im Buch noch einmal auftauchen wird. Oder jemanden wie einen Geschäftsmann, der dabei war, als das Haus von Gauguin nach seinem Tod ausgeräumt wurde. Lautstark bedauert der, dass er damals, als dieser Maler noch nicht berühmt und teuer geworden ist, nichts von den herumliegenden Blättern mitgenommen habe.

Die Sprache Noldes in seinen Erinnerungen ist wie seine Malerei, tief gesättigt, gedankenvoll, ein schweres Stammeln voller ungewöhnlicher Satzstellungen. »Die Verfolgung meiner begann«, schreibt er über die Mitte der 30er Jahre.

Nolde, der hochverehrte, hochpreisige Maler, ist in letzter Zeit in die Kritik geraten. In der Nachkriegszeit war er vor genauen Nachforschungen geschützt, denn immerhin war er in der Ausstellung »Entartete Kunst« 1937 vertreten, was im Nachhinein eine Ehrensache war, und hatte dann Malverbot. Aber gleich zu Beginn des Nationalsozialismus war er strammes NSDAP-Mitglied. Und schwärzte seinen Künstlerkollegen Max Pechstein als »Jude« an, der sofort seine arische Abstammung dokumentierte. Beide waren zeitweise Mitglieder der Künstlervereinigung »Die Brücke« der Expressionisten in Berlin, beide auf der Suche nach den »Ursprüngen« der Kunst, beide fast gleichzeitig in der Südsee. Nennt man das Konkurrenz? Obwohl beide viel in Berlin sind, zum Teil demselben Kollegenkreis verbunden, scheint kein Austausch über ihre jeweiligen Reisen stattgefunden zu haben. Auf jeden Fall erwähnen sie sich gegenseitig nicht.

Max Pechstein löste Emil Nolde sozusagen ab. Der war nach seiner schweren Erkrankung im Mai 1914 abgereist. Pechstein kam Ende Juni 1914 in der noch für wenige Monate deutschen Kolonie an. Während Nolde den Ausbruch des Ersten Weltkrieges im August 1914 auf der Rückfahrt in Genua erlebte und auf Umwegen nach Hause kam, musste Max Pechstein mit seiner Frau am 1. November aus dem von Japanern besetzten Palau abreisen. Es tut beiden weh, zu erleben, wie die deutsche Flagge eingezogen und gegen die japanische ersetzt wird. Zusammen mit gefangenen deutschen Offizieren werden sie nach Nagasaki geschickt, müssen Verhöre über sich ergehen lassen und leiden unter Hunger und Kälte. Erst Ende August 1915 erreichen sie Deutschland, wo Max Pechstein sofort in seinem Heimatort Zwickau zum Militär eingezogen wird.

Nolde hat seine große Reise selbst bezahlt, sogar einen Kredit dafür aufgenommen. Pechstein hat das Glück, dass ihm der Galerist und Kunsthändler Wolfgang Gurlitt die Reise vorfinanziert. Dafür muss er allerdings auch Gemälde und Zeichnungen liefern.

Die Reise von Max und Lotte Pechstein ist sehr gut dokumentiert. Im Max-Pechstein-Museum in Zwickau gab es 2016 eine Ausstellung unter dem Titel »Der Traum vom Paradies«. Der Katalog dazu enthält Tagebuchzeugnisse und Briefe von beiden. Während Max Pechstein ein idealisiertes Bild der Ursprünglichkeit in Texten und Gemälden zeigt, hat Lotte sehr detailliert von ihrem Alltag geschrieben. Vor allem ihre nicht einfache Beziehung zu den beiden Dienern, ihren »Boys«, wird geschildert. Erstaunlich ist, dass das Ehepaar in Deutschland ihren eineinhalbjährigen Sohn bei den Eltern von Max gelassen hat. Natürlich wollten sie sich die Reise nicht verkomplizieren, außer dass Lotte gelegentlich das Foto des Kleinen zeigt, scheint sie ihn nicht sehr vermisst zu haben. Dann gibt es Eheprobleme. Lotte fühlt sich manchmal alleingelassen, Max hat immer was zu tun oder er geht auf die Ziegenjagd. »Wenn nur Max etwas netter wäre.« Einen Tag vor Kriegsausbruch notiert sie im Tagebuch: »Max hat es schön, er kann gehen, wann und wo er will, ich immer allein und er hat oft schlechte Laune«. So klagt sie ohne Punkt und mit wenigen Kommas mehrmals. Die Ehe, die Lotte mit 21 einging, hielt insgesamt zehn Jahre.

Max Pechstein, 1881-1955

Die Schilderungen von Max Pechstein im Arbeitstagebuch in der Südsee sind im Gegensatz zu den eher stichwortartigen Eintragungen von Lotte sehr farbig. 1927 schreibt er im *Berliner Lokalanzeiger:* »Ich war auf den Palauinseln in der Südsee … Der Flötenvogel hatte mich die Strecke Weges begleitet, und seine tiefen Glockentöne mein Gemüt erfreut, so, wie das Grün der Bäume dasselbe zuvor beruhigt hatte … Vor dem Dorf angelangt wippten mir drei gelb, rot und schwarz gefärbte Grasröcke entgegen …«

Bald aber müssen sich die Pechsteins schon in der Südsee einschränken, denn wegen des Ausbruchs des Ersten Weltkrieges bekommt Max kein Geld mehr angewiesen und die Bedrohung durch die Japaner beunruhigt beide. Schon Anfang August hatte Lotte den Abschied herbeigesehnt. Die Rückfahrt dauert von November 1914 bis zum August 1915. Es ist eine harte Zeit von Warten, Krankheit und Geldmangel, ja sogar Hunger. Max Pechstein schreibt verzweifelte Briefe, unter anderem an seinen Kunsthändler Gurlitt, während er in Manila festsitzt:

»Jetzt sitzen wir wie die Maus in der Falle … Geld habe ich nicht … Ich lege die Adresse der hiesigen Bank bei. Bitte versuchen Sie, durch Vermittlung der Deutschen Bank, dort für mich Geld anzuweisen …«

Seine Zeichnungen und Gemälde sind ein großer Erfolg in der Heimat. Ausschnitte seiner Aufzeichnungen, vor allem über die dramatische Verhaftung, veröffentlicht er nach der Rückkehr in verschiedenen Zeitschriften. Das Thema lässt ihn lebenslang nicht los, immer wieder gibt er Einblicke in sein Tagebuch. 1945 schreibt er über »Glückliche Tage in der Südsee«:

»Überall sieht man Zeichen der handwerklich geschickten Hände der Palauer, sodass auch ich es nicht unterlassen konnte, in mein großes Kanu selbst ein Zierband am oberen Rand zu schnitzen. Essschalen und Schüsseln sind in ihren verschiedenen Formen mit Perlmuttintarsien ausgelegt, die auf dem rotbraun polierten Holz prächtig wirken. Nirgends stört und verdirbt europäische Massenware den geschlossenen, harmonischen Eindruck.«

Gründe für den Erfolg von Pechsteins Südseegemälden und Zeichnungen sind außer den expressiven »modernen« Formen seine folkloristischen Darstellungen. Die koloniale Gegenwart bleibt ausgeklammert zugunsten der biegsamen Menschenleiber, ihren archaischen Hütten, Booten und ihren handwerklichen Tätigkeiten in paradiesischer Landschaft.

Der Schriftsteller Robert Louis Stevenson und seine Frau

Der englische Schriftsteller Robert Louis Stevenson reiste und lebte in der Südsee zehn, zwanzig Jahre früher als die erwähnten Maler. Es waren überwiegend Engländer, die ihre literarischen Geschichten in der Südsee spielen ließen, das liegt natürlich an der großen Verbreitung englischsprachiger Kolonien.

Der Wechsel der »Besatzungsmächte« in der Südsee, wie man die Kolonien auch nennen könnte, war atemberaubend. England und Frankreich jagten sich gegenseitig die Inseln ab und auch in Samoa war vor der deutschen Landnahme völlig unklar, ob nicht doch die Engländer die Oberhand behielten, wie später nach dem Krieg. In der zweiten Hälfte des 19. Jahrhunderts ist jedenfalls nichts bei der Besitznahme der Welt geklärt.

Die Beobachtungen des in Schottland geborenen Robert Louis Stevensons und seiner amerikanischen Frau Fanny sind prägend für unser Südseebild. In ihren Schriften findet sich ein realistisches, allerdings gleichzeitig faszinierend schönes Bild. Stevenson, der tuberkulosekrank in einem warmen Klima leben wollte, sammelt die Geschichten und Mythen und verbindet sich mit Einheimischen, Missionaren und Händlern. Er verfällt dem ganzen bunten Menschengewirr, das die Inseln bevölkert und lässt sich von ihnen bezaubern. In Samoa, wo sein im Kolonial-Stil möbliertes Wohnhaus »Vaiilima« heute dem Staatspräsidenten gehört, wird er als Ikone geschätzt: Er starb dort 1894 und ist auf einem Aussichtsplatz mit Rundblick über die Stadt, die Landschaft und das Meer begraben. Dorthin pilgern die

Samoaner und natürlich auch die Touristen heute noch. »Tusitala«, Geschichtenerzähler, wurde er genannt.

Seit 1888 bereiste er mit einem Schoner die Südsee in Begleitung seiner Frau und dem Sohn aus deren erster Ehe. 1890 wählte er Samoa zu seinem ständigen Domizil, wo ihm die letzten arbeitsreichen Jahre vergönnt wurden.

Seine *Schatzinsel* wurde noch vor der Südseezeit geschrieben, 1883 zuerst veröffentlicht. Adressat war sein Stiefsohn, damals 13 Jahre alt. Das Buch ist immer noch Lieblingslektüre zahlreicher Jugendlicher. Ich las es vor Kurzem wieder, weil ich natürlich die Vermutung hatte, dass sich die Ereignisse, die er schildert, in der Südsee zugetragen haben. Aber musste dann doch erkennen, dass keine einzige Palme erwähnt wurde, dafür Nadelgehölz und Sumpf. Außerdem spielt die Handlung zu einer Zeit, als die Südsee von Cook gerade erst erschlossen wurde, also hundert Jahre vor Stevensons dortiger Ankunft. Die Insel, auf der die Kämpfe der Seeräuber gegen die anständigen Schatzsucher stattfanden, wurde als düster und unfreundlich geschildert. Natürlich lag sie fiktiv irgendwo vor Südamerika, wo sich in der Karibik traditionell die Piraten tummelten.

Die Südsee hat Stevenson in seinen letzten Lebensjahren eine Heimat gegeben. Die Tuberkulose, vor der er in die wärmeren südlichen Gefilde geflohen war, wurde besser, auch wenn er empfindlich und leidend blieb. Vor allem seiner Frau Fanny verdankte er die gewonnene Schaffenszeit dort, denn sie unterstützte den kränklichen Mann im Schreiben wie im Leben.

»Die erste Liebe, der erste Sonnenaufgang, die erste Südseeinsel sind Erinnerungen eigener Art und rühren an eine Jungfräulichkeit der Empfindungen. Am 28. Juli 1888 war der Mond gegen vier Uhr morgens bereits seit einer ganzen Stunde untergegangen. Im Osten kündigte eine strahlende lichte Stelle den Tag an, und darunter am Horizont stieg die morgendliche Wolkenbank bereits schwarz wie Tinte empor.« Zwei Stunden dauert es, bis der Tag da ist, vermerkt er mit Staunen.

Seinem Buch *In der Südsee,* für das er einen amerikanischen Zeitschriften- und Verlags-Vertrag hatte sowie einigen Südseenovellen wie *Der Strand von Falesá* waren große Erfolge beschieden. In dieser Erzählung heiratet ein Händler zum Schein eine junge Eingeborene, die ihm für eine Nacht von Zechkumpanen »verkauft« wird. Sie glaubt dem verlogenen Schriftstück, das er ihr unterschrieben hat und folgt ihm ergeben, die scheinbare Heiratsurkunde am Busen. Für ihn geschmückt und liebevoll bereit, erscheint sie dem Händler wie eine Prinzessin und er fühlt sich unwürdig mit schlechtem Gewissen neben ihr. Stevenson verdanken wir in dem Buch spannende Schilderungen des Lebens der Insulaner, so wie es vor über hundert Jahren war. Auch Schauergeschichten von lebendig Begrabenen. Diesen kleinen Roman schätzt Stevenson besonders. Er schreibt darüber:

»Es ist die erste realistische Südseestory; ich meine mit wirklichen Südseecharakteren und Schilderungen des Lebens dort. Sie werden mehr über die Südsee wissen, nachdem Sie meine kleine Erzählung gelesen haben, als Sie jemals in einer Bibliothek gelesen haben.«

Stevenson lernte Fanny, die zehn Jahre ältere Amerikanerin, die aus erster Ehe ihren elf Jahre alten Sohn Lloyd bei sich hatte, in der Künstlerkolonie in Grez, Frankreich kennen. Inzwischen hatte er sich von seiner Familie, vor allem dem Vater emanzipiert. Dieser gehörte in Schottland zu einer seit Generationen berühmten Familie von Leuchtturmkonstrukteuren. Stevenson studierte noch Rechtswissenschaften, aber dann verließ er Schottland und damit das für den schon früh an Tuberkulose Erkrankten nicht verträgliche Klima. Zeitlebens war er vom Vermögen des Vaters abhängig. Mit Fanny verband ihn die Neugier und Abenteuerlust. Nach Aufenthalten in Amerika, wo sie eine Weile lebten und Fanny ihre Scheidung betrieb, konnten sie dort heiraten. Die nächsten Jahre lebten sie in England, in der Schweiz und in Frankreich, dann wieder in Amerika, aber nirgends bekam ihm das Klima. Erst als sie den Entschluss fällten, ein Schiff für eine Südseereise zu chartern, in der Hoffnung, das warme Klima der Südsee würde für Stevenson heilsam sein, fanden sie als Reisende eine Art Heimat. Für eine Weile klappte das. Lange Fahrten führten sie zu verschiedenen Inseln der Südsee, bis sie sich endgültig auf Samoa niederließen. Dort konkurrierten die Briten und die Deutschen um Einfluss. Übrigens, auf den Reisen waren sie immer begleitet von Fannys Sohn, der naher Freund und Mitarbeiter für den Schriftsteller wurde und Stevensons rüstiger verwitweter Mutter. Zu Beginn der Schiffreise mit dem Schoner *Casco* war der Sohn Lloyd 20 und die Mutter 59. Auf Samoa stieß später sogar die Tochter von Fanny als Sekretärin zu dem Familienclan dazu. Stevenson war also umgeben von ihn liebenden Menschen. Dennoch starb er früh mit 44 Jahren 1894 auf Samoa, wo sie seit 1890 nicht weit von Apia in ihrer Villa lebten. Nicht an seiner ihn quälenden Tuberkulose, sondern an einer Gehirnblutung.

Seiner Frau Fanny Van de Grift-Osbourne-Stevenson verdanken wir, dass sein Buch *In der Südsee* nicht das wissenschaftliche Standardwerk geworden ist, das ihm vorschwebte, sondern lebendige Schilderungen von Begegnungen mit Königen und Bediensteten, von Adeligen und einfacher Dorfbevölkerung enthält.

Fanny schreibt ausführlich über die Fahrten durch die Südsee. In ihren Aufzeichnungen finde ich das Abenteuerliche, noch ganz Unzivilisierte der Südsee, das es heute im vom Tourismus definiertem Zeitalter nicht mehr gibt. In den 80er Jahren des 19. Jahrhunderts herrschte auf den Inseln noch ein ganz anderes Nebenher von Ursprünglichkeit, teilweise gefährlichen Riten, auch noch Kannibalismus, von brutalen Eingriffen der Händler, Kolonialherren und Missionare, alles was damals Zivilisation hieß. Die Welt, die sie schildert, ist verloren, aber in ihren Tagebüchern authentisch aufbewahrt. Obwohl die Aufzeichnungen über hundert Jahre her sind, habe ich noch Ähnlichkeiten mit den Eindrücken gefunden, die ich erlebt habe. Sie schildert die Menschen, denen sie begegnet, sehr detailliert, vor allem deren Schönheit. Besonders die niedlichen Kinder und die jungen Mädchen beschreibt sie ausführlich und liebenswert. Doch auch die hässlichen Auswüchse von Krankheiten wie Lepra und der Elephantitis, einer in der gesamten Region häufigen Krankheit, bei der sich die Gliedmaßen durch Lymphödeme vergrößern, fallen ihr auf. Auch mir sind viele Menschen begegnet, mit klumpigen Beinen oder verbundenen Armen oder Beinen. Gerade die jungen Männer, die im Meer tauchen, ziehen sich schnell an einer vergifteten Koralle Schürf- oder Schnittwunden zu.

Blutvergiftungen sind sehr gefürchtet. Wie schnell das geschehen kann, hat meine Reisegefährtin Iris auf meiner ersten Südseereise erlebt.

Fanny Van de Grift-
Osbourne-Stevenson
1840-1914

Robert Louis Stevenson
1850-1894

Was Fanny über das Nationalgericht der Tahitianer und Marqueser, den rohen Fisch schreibt, meist frische Meeräschen, angemacht in einer speziellen Sauce aus Kokosmilch und Limettensaft, habe ich mehr als einmal probieren können. Robert Louis Stevenson konnte dadurch von seinen schlechten gesundheitlichen Zuständen genesen, ich mochte das Gericht nach einigen Mahlzeiten doch nicht mehr ganz aufessen.

Fanny hatte sehr viele direkte Kontakte und Berührungen mit den Einheimischen, darum beneide ich sie. Überall, wo sie an Land gingen, wurden sie und ihr Mann bestaunt, meist hofiert, oft in liebevollen Besitz genommen, aus dem sie sich nur mühsam befreien konnten. Ausführlich schildert sie den immer notwendigen Austausch von Geschenken. Die Stevensons erwerben wunderbare Artefakte, Matten aus Tapa und geschnitzte Holzfiguren. Als Gegengabe hat Fanny immer ein paar Goldringe am Finger, die sie großzügig eintauscht. Fanny als weiße Frau war auf jeder Insel eine Sensation, besonders für die Frauen und Mädchen, so wie Ada Nolde es auch erlebte. Die meisten kannten nur weiße Männer, Seeleute, Händler und Missionare, die Einheimische geheiratet hatten. Diesen gegenüber fühlt Fanny sich als »weiße Leiche«. Meint sie das ernst oder lässt dieser Ausdruck schon ihre Psychose ahnen, mit der sie vor Stevensons Tod geplagt wird?

Was sie wie fast alle Reisenden von der Südsee ersehnt hat, findet sich an einer Stelle ihres Tagebuches, als sie einen schiffbrüchigen Matrosen beneidet, der auf den Inseln bleiben will.

»Glücklicher Junge! Seine Zukunft ist gesichert, keine schwere Arbeit mehr, keine beißenden Fröste und keine eisigen Winde; er wird in einem Traumland leben und sterben, geliebt und geehrt und zärtlich umsorgt in all den Sommertagen seines Lebens.«

Endgültig haben sich Robert, Louis und Fanny in Samoa niedergelassen, in dem wunderbaren Haus Vaiilima, das auf einem Hügel über Apia liegt. Ganz unbeschwert ist die Zeit auf der Insel nicht. Auch Fanny leidet in den letzten Jahren vor Stevensons Tod an ihrer psychischen Erkrankung, die beiden zu schaffen macht. Sie stirbt erst 1914, zwanzig Jahre nach Stevenson in Amerika. Vorher hatte sie noch ihr Tagebuch für die Veröffentlichung durchgesehen und fertiggestellt. Ihre Asche wurde nach Samoa gebracht und neben Stevenson nahe Vaiilima auf einer Anhöhe beigesetzt.

Sie war nicht die einzige Frau, die intensiven Kontakt mit der Südseeregion hatte. Und selbstständig wie die anderen, die ich schildern möchte, war sie auch.

Selbstständige Frauen erkunden sich und die Fremde

Ausbeuterischer Handel und Missionierung haben die Südsee verändert. Schon bald war es nicht mehr das legendäre Land der Nacktheit und freien Liebe.

Die Missionare, die voller Bekehrungsdrang ankamen, waren einerseits Wegbereiter der Kolonisation und folgender Ausbeutung, andererseits paradoxerweise die einzigen, die für die Nachwelt das Brauchtum überlieferten und damit heute den Ureinwohnern zu einer Identität verhelfen, die zwar christlich geprägt ist, jedoch Elemente der alten Kulturen aufnehmen kann. Kirchen jeder Konfession sind heute die Kult-Orte, Treffpunkte wie früher die Versammlungshäuser, in denen Alltag, Politik und Religion verhandelt wurde. Kunst und symbolhafte Gegenstände werden öffentlich in den Museen gezeigt, Feste traditionell gefeiert und Maskentänze aufgeführt. Das alte Südseeleben, konserviert für die Touristen, das neue Leben zwischen Tsunami und Atomversuchen vor ihnen verborgen. Auf der Pitcairn-Insel, wo die Nachkommen der meuternden Matrosen von der *Bounty* leben, scheint der Missbrauch von Frauen und Töchtern weiterhin mehr oder weniger ungestraft möglich zu sein, wie vor über zweihundert Jahren, als die Schiffbrüchigen dort anlandeten.

Auch den Händlern und Kaufleuten wurde Ausbeutung vorgeworfen, selbst den von ihnen im Interesse der Wissenschaft finanzierten Forschungen.

Es gibt eine Anzahl von Frauen, die für mich ausgesprochen erwähnenswert sind. Und dass ich sie nach den prominenten Männern wie Gauguin oder Stevenson erwähne, ist nicht Absicht, sondern ergibt sich durch die Recherche. Als Erste die Französin Jeanne Baret (1740 bis 1807), die sich als Gehilfe und Kammerdiener des Botanikers Philibert Commercon 1766 auf der Entdeckungsreise von Louis de Bougainville anheuern ließ. Bougainville traf kurz nach dem Engländer Wallis in Tahiti ein, seinem »Neu Kythera«, dem sagenhaften Griechenreich, in dem alle Bedürfnisse allen erfüllt werden.

Niemand ahnte, dass sie eine Frau war, die sogar kurz vor der Reise ein Kind auf die Welt gebracht hatte, das früh verstarb. Sie soll die Pflanze Bougainvillea entdeckt haben, die ihr Gefährte nach dem Leiter der Expedition benannte, betätigte sich also selbst als Botanikerin. Die Männer an Bord konnte sie täuschen, die Einheimischen auf Tahiti nicht. Sie merkten, dass sie eine Frau war und verrieten es, daraufhin wurde sie von ihren Schiffskameraden vergewaltigt. Das bedeutete schließlich das Ende der Weltreise, Bougainville schickte sie zusammen mit Commercon in Mauritius von Bord, wo sie bis zu dessen Tod noch sieben Jahre mit ihm lebte. Mittellos arbeitete sie in einem Wirtshaus. Sie heiratete einen französischen Soldaten und konnte so nach Paris zurückkehren. Immerhin half Louis de Bougainville ihr, später eine Pension der französischen Marine zu bekommen.

Das harte und geheimnisvolle Leben der Amalie Dietrich (1821 bis 1891), etwa hundert Jahre später, gehört ebenfalls zu dem der weiblichen Abenteuerinnen. Von ihrem Ehemann hatte sie die Präparierung von Pflanzen gelernt, sich autodidaktisch weitergebildet und es damit zur Berühmtheit in Deutschland gebracht. Normalerweise zählte das als ein Spezialgebiet der Apotheker. Amalie Dietrich wurde mit ihren besonders sorgfältigen Präparaten so berühmt, dass sie zu Vorträgen unter anderem nach Hamburg eingeladen wurde. Dorthin reiste sie mit ihrer halbwüchsigen Tochter und verließ einen ungetreuen Ehemann, der sie immer mit einem Hundewagen allein durch Deutschlands Wälder geschickt hatte, um Pflanzen zu sammeln. Die Tochter Caritas Bischoff blieb als Ziehtochter in Hamburg und beschrieb später das entsagungsreiche Leben ihrer Mutter. Der »König der Südsee«, Johan Cesar Godeffroy, der Hamburger Kaufmann, der mit dem Kopra-Verkauf, dem wichtigen Produkt aus der Kokospalme reich geworden war, heuerte Amalie an und sandte sie mit einem Schiff in die Südsee, um die dortigen Pflanzen zu sammeln und zu präparieren. Wie immer auf sich allein gestellt, reiste Amalie Dietrich zehn Jahre, von 1863 bis 1873 durch die Urwälder Ozeaniens und Australiens. Durchaus ängstlich, dass sie sich verlaufen oder feindlich gesinnten Eingeborenen begegnen könnte. Alles schickte sie nach Hamburg, sobald sie in einen Hafen ankam: Fachkundig präparierte sie Pflanzen, Tiere und sogar menschliche Abnormitäten, von denen keiner genau weiß, wie sie darangekommen war. Nie sind die Gerüchte verstummt, dass sie Menschen für die Wissenschaft töten ließ. Ob es stimmt? Sie war fasziniert von »den kraftvollen, schönen Gestalten« der Eingeborenen, so schreibt sie an ihre Tochter von den Tongainseln.

Als sie mit Anfang 50 nach Hamburg zurückkam, wurde sie von ihrer Tochter erwartet, inzwischen mit einem Pfarrer verheiratet, aber Amalie fand sich in der Zivilisation kaum zurecht. Mit den Ehrungen, mit denen sie überhäuft wurde, konnte sie nichts anfangen und der Kaufmann

Godeffroy sowie die Hamburger Gesellschaft werden mit dieser abgearbeiteten spröden Frau nichts anzufangen gewusst haben. Ihre Präparate werden in den botanischen Museen in Hamburg und Leipzig aufbewahrt, soweit sie nicht in den Kriegswirren zerstört worden sind.

Amalie Dietrich
1821-1891

Außer Fanny, den beiden Botanikerinnen und der Ethnologin Margret Mead, über die ich noch schreiben werde, gibt es eine weitere schillernde Gestalt, eine Zeitgenossin Amalies, die ein luxuriöses, selbstbestimmtes Leben führte, im Reichtum, mit verschiedenen Ehemännern und Liebhabern, während diese im Gegensatz dazu durch die Urwälder stapfte, immer einsam, oft hungrig.

Amalie arbeitete im Auftrag des Kaufmanns, welcher »König der Südsee« genannt wurde, während »Queen Emma« als »Königin der Südsee« unter anderem auch in Hamburg gefeiert wurde. König und Königin, beide reich geworden durch Plantagenbesitz in der Südsee.

Manchmal könnte man glauben, der liebe Gott wäre Schriftsteller von Schundromanen, so unwahrscheinlich abenteuerlich klingt alles, was über Queen Emma bekannt ist. Sie war die Tochter einer samoanischen Prinzessin und eines englischen Walfängers, der sich auf der Insel Samoa niederließ und insgesamt in sechs Ehen 18 Kinder gezeugt haben soll. Trotzdem wurde sich um Emma gekümmert, sie besuchte gute Schulen, und kaum war sie flügge, verlief ihr Schicksal sowieso in den Bahnen von Reichtum und Macht. Der Ruhm ihrer Schönheit war weit verbreitet, eine Elisabeth Taylor des 19. Jahrhunderts. Dieses Völkergemisch von Eingeborenen und Europäern scheint der Grund zu sein, warum die Polynesier bis heute als bestaussehend im Südseeraum gelten.

»Queen Emma« Kolbe
1850-1913
und Paul Kolbe
1865-1913

Queen Emma, 1850 auf Samoa geboren, war wie ihr Vater mehrfach verheiratet. Zweimal mit Seeleuten, die bei einem Schiffbruch starben. Mit ihrem dritten Mann wanderte sie in das Inselgebiet Neuguineas aus. In ihrer Heimat Samoa fühlte sie sich nicht mehr gelitten, holte lieber ihre Verwandtschaft zu sich. Wie ihre Schwester Phoebe, die dann im Gegenteil zu ihr bei der Bevölkerung sehr beliebt war, weil sie sich für deren Kultur interessierte. Phoebe heiratete den Deutschen Richard Parkinson, der als Vertreter des Handelshauses Godeffroy nach Samoa gekommen war. Mit Emma verstand sich dieser Mann gar nicht, hat aber über seine *Dreißig Jahre in der Südsee* ein viel beachtetes Buch geschrieben.

Auf Myoko, das damals zur deutschen Kolonie gehörte, verbrachte Emma zunächst ein beschwerliches Leben zwischen sogenannten »Beachcomers« – gestrandeten Seeleuten und Soldaten – Händlern und Kannibalen.

Dann kaufte sie Kokosnussplantagen auf, immer mehr und mehr und wurde schnell zu einer der reichsten und einflussreichsten Frauen der Südsee. In der Nähe der Herbertshöhe bei Rabaul, wo sich die deutsche Kolonialverwaltung niedergelassen hatte, baute sie ein großes, luxuriöses Anwesen namens Gunantambu und kaufte dafür unter anderem Möbel des verstorbenen Robert Louis Stevenson aus seinem Anwesen auf Samoa. Ihr Vater war mit ihm befreundet gewesen. Sie hielt Hof wie eine »Queen«, war herrisch und bald wieder verwitwet. Ihren schlechten Leumund versuchte sie 1893 durch die Ehe mit dem jüngeren Deutschen Paul Kolbe zu verbessern, mit dem sie nach Europa reiste, auch nach Hamburg, wo sie sogar Godeffroy traf, König und Königin der Südsee.

Der gewünschte Lebensort Monte Carlo wurde ihr zum Verhängnis. Es gibt unterschiedliche Versionen ihrer letzten Zeit: 1913 wurde sie in der Südsee von einem Herzinfarkt ihres Mannes in Monte Carlo unterrichtet oder davon, dass er mit einer anderen Frau reiste und sich zu viel in der Spielbank aufhielt. Sie fuhr hin, er starb und sie drei Tage später. Wie auch immer. Autounfall, Herzinfarkt oder Mord. 63 Jahre wurde sie alt.

In einigen Büchern wird ihr Andenken hochgehalten, zum Beispiel in *1913 – Was ich unbedingt auch noch erzählen wollte*, von Florian von Illies. Oder im Roman *Imperium* von Christian Kracht. Dort spielt Emma allerdings nur eine Nebenrolle im Leben des Protagonisten August Engelhardts, der von ihr eine Insel auf Pump in der Deutschen Kolonie Herbertshöhe kaufte.

Der Autor, hochgelobt für seinen leichten Ton, informiert über diese Exzentrikerin, ebenfalls über die Auswüchse der Reformbewegung Anfang des 20. Jahrhunderts. Er erwähnt im Buch die Maler Nolde und Pechstein, die in oder nahe dem neuen deutschen Hauptsitz Rabaul 1913/14 lebten. Vor allem Emil Nolde wird trotz seines späteren Malverbots als Nazi geschildert, dessen Bilder überbewertet scheinen. Zwischen ihm und Engelhardt wird eine Begegnung beschrieben, in dem Nolde an allem Unglück den Juden die Schuld gibt. Ein angebliches Porträt des Südsee-aussteigers Engelhardt, gezeigt in Seebüll, wird im Roman der Grund, dass der Gauleiter Heinrich Lohse Nolde bei der Reichskulturkammer anzeigt, was zum Malverbot führt.

Daumenlutschende Spinner wie der Sonnenanbeter, Nudist und Kokosnuss-Vegetarier Engelhardt gibt es immer, aber sind sie gleich Vorboten des Zusammenbruchs? Selbst

Sigmund Freud, zu dem Engelhardts Freund, der Pianist Max Lützow, von Berlin nach Wien reiste, bevor er sein Glück in der Südsee suchte, wo alle seine Symptome von selbst verschwanden, hatte eine Behandlung solch harmloser Fälle, wie Engelhardt es war, verweigert.

Krachts Roman ist eines der Bücher, die fiktional über die deutsche Kolonie in der Südsee berichten. Für ihn steht alles im Zeichen eines Zusammenbruchs des Deutschen Reichs, gut recherchiert: Die Pflanzer, allesamt eklige Spießer, die Verrückten, die sich selbst verstümmeln, die Administration, die macht was sie will, distanziert und zum Teil verächtlich und bar jeder Empathie beschrieben. Aber auch das ist ein legitimes Schreibprogramm und wohl passend zu einer Frau wie »Queen Emma«!

Noch eine andere Frau möchte ich erwähnen, die in der Südsee als Ethnologin wichtige Forschungsergebnisse erzielte. Margret Mead, die von 1901 bis 1978 lebte. Sie selbst nennt ihre Erinnerungen *Blackberry Winter,* auf Deutsch *Brombeerblüten im Winter.* Den Winter kennt sie nur aus ihrer Heimat in Amerika, geforscht hat sie überwiegend weit weg von zu Hause, vor allem in Samoa, Neuguinea und Bali. Sie stellt sich dar als eine »befreite« Frau, mehrfach verheiratet, außerdem in einer jahrelangen Liebesbeziehung mit Ruth Benedict, einer bewunderten, ebenfalls verheirateten älteren Kollegin. Beide waren Schülerinnen, Benedict auch Assistentin von Franz Boas, einem deutschen Mathematiker und Physiker, der 1886 nach New York übersiedelte und dort Professor für Anthropologie wurde, bekannt für seine indigenen Forschungen. Der bekannteste von Meads Ehemännern – alles Anthropologen – Gregory Bateson, war wie sie soziologisch-psychologisch orientiert. Die Begegnung mit »primitiven Völkern«, wie die Eingeborenen außerhalb der alten Kulturländer genannt wurden, war für Mead immer auch die Begegnung mit sich selbst. Sie untersuchte alle Beziehungen der Menschen, die zu Kindern, die zum anderen Geschlecht und ihre kulturelle Prägung durch die Ahnen. Alle Forschungsergebnisse stellte sie vergleichend in das Geflecht der europäisierten weißen Gesellschaft Amerikas, der sie entstammte.

Monatelang lebte sie für ihre jeweiligen Projekte bei den eingeborenen Völkern, lernte deren Sprache, versuchte deren Verwandtschaftsgeflechte zu durchschauen, alles schriftlich zu dokumentieren und außerdem noch ihre ehelichen Beziehungen zu pflegen, die nicht immer einfach waren. Besonders in Neuguinea am mächtigen, das Land durchziehenden Fluss Sepik, wo sie das Ende ihrer zweiten Ehe erlebte und die neue Liebe zu Gregory Bateson, dem Vater ihrer einzigen Tochter, die sie 1939 bekam.

Ihre Forschungen bezogen sich vor allem auf die Rolle der Frauen in den sogenannten primitiven Gesellschaften und deshalb wurde sie eine Ikone des Feminismus. Ihre selbstständige Feldarbeit begann in Samoa, wo sie die Adoleszenz von jungen Mädchen untersuchte. Mit ihrem ersten Buch *Coming of Age in Samoa* 1928 wurde sie sofort berühmt. Unter den Anthropologen war sie ein Star. In ihren Erinnerungen schreibt sie:

»Als ich nach Samoa fuhr, wusste ich nur sehr ungenau, was es bedeutet, sich der Feldforschung zu widmen und darüber zu schreiben. Meine Entscheidung, Ethnologin zu werden, war teilweise in meiner Überzeugung begründet, dass ein Wissenschaftler, selbst einer, der keine große Spezialbegabung besitzt, wie sie für einen Künstler unabdingbar ist, etwas Nützliches zum Wissen der Welt beisteuern kann.«

Wie ermutigend, was sie schreibt! Die Ethnologen als ganz normale, neugierige Menschen darzustellen, aber verwandt den Künstlern.

Ihre Ankunft in Samoa, dem Hafen PagoPago, schildert sie so, wie es heutige Kreuzfahrtouristen immer noch erleben, fast neunzig Jahre später:

»In Erinnerung an Stevensons rhapsodische Schilderungen stand ich im Morgengrauen auf, um mit eigenen Augen zu sehen, wie diese meine erste Südseeinsel am Horizont auftauchte … Ich nahm ein Zimmer … und ging eilig auf den Platz zurück, um die Tänze anzuschauen, die für die Besucher vom Schiff veranstaltet wurden … Die Tanzgruppe war in einheimische Tracht gekleidet.«

Sie schildert eine schöne Szene, wie sie einen Häuptling trifft, der wohl schon Beziehungen mit weißen Frauen hatte und ihr Avancen macht. Er fing eine Unterhaltung über seine Erfahrungen mit dem freieren Sexleben im Hafen von Apia an. Er akzeptiert ihre Ablehnung, aber fügt bedauernd hinzu: »Weiße Frauen haben so schöne dicke Beine.«

Ethnologin sein heißt mitten im Leben sein mit riskanter Nähe zum Forschungsgegenstand.

Mead legte Wert auf die Feststellung, dass alle Handlungen und Erkenntnisse durch die Subjektivität des Individuums gezeichnet sind, welches sie ausübt oder erlebt. Wichtiges Ziel ihrer Arbeit war es, sich von Vorurteilen zu lösen. Nichts war »natürlich«, alles bedingt. Sie plädierte dafür, frei von vorgefassten Meinungen zu sein, so zu leben, wie es dem eigenen Bedürfnis entspringt. Sich die Freiheit zu nehmen, zu wählen.

In ihrer Arbeit zeigte sie, dass die Rollen in der Gesellschaft keinesfalls genau definiert und abhängig vom Geschlecht waren, so wie es im Amerika der 30er, 40er Jahre der Fall war: Die Frau blieb zu Haus, kümmerte sich um Haushalt und Kinder und der Mann war berufstätig, um sich und die Familie zu ernähren. Die Forderung nach gleichberechtigter, gesellschaftlicher Teilnahme wurde für sie selbstverständlich, als sie erlebte, wie Frauen durchaus nicht selbstverständlich pflegende Funktionen ausübten, sondern dass es Völker gab, die das sogar ablehnten, wie die von ihr untersuchten Mundugumur, wo Männer und Frauen aggressiv waren und ihre Kinder überhaupt nicht zu lieben schienen, sondern sie vernachlässigten. In einem anderen Stamm, den Arapesh, waren Männer wie Frauen fürsorglich um ihre Nachkommen besorgt. Die friedliebenden Tschambuli, die sich mit besonderer Sorgfalt schmückten, Männer wie Frauen, gefielen ihr sehr. Sie versuchte also die Unterschiede herauszustellen und zu zeigen, dass Geschlecht und die daraus erwachsende Macht kulturell bedingt sind. Das zweite ihrer berühmten Bücher darüber erschien 1935 unter dem Titel *Sex and Temperament in Three Primitive Societies.*

Doch hat sie die seit vielen Zeiten bestehende wissenschaftliche Kontroverse nicht gelöst, was denn der Umwelt und was der Biologie, dem Erbgut also, geschuldet ist, und musste viele Anfeindungen aushalten, die ihr Wunschdenken vorwarfen.

Die Vorstellung, in die Weite der Welt zu reisen und sich dort ein Untersuchungsthema zu suchen, fasziniert mich. Wenn ich noch einmal studieren dürfte und nicht so ein vorsichtiger Mensch wäre, würde ich mich mit Ethnologie beschäftigen.

Neue Reisevorbereitungen, zunächst über Film, Bücher und Ausstellungen

Ich wollte unbedingt noch ein zweites Mal in die Südsee und versuchte, Reisegefährten zu finden. Merkwürdigerweise war das nicht einfach. Sollte die Südsee doch nicht für jeden das Traumziel sein? Mein Partner schlug mir die Reise gleich ab. Zu weit, zu teuer. Er fühle sich auf einem Schiff eingesperrt. Eine Freundin war zunächst so begeistert, dass sie sich sogar beim Reisebüro anmeldete. Wir kamen ins Schwärmen, wollten aber auf jeden Fall jede eine Kabine. Bedenken kamen ihr schnell: zu weite Flüge. Und die Gesundheit. Anderen war es einfach zu teuer. Eine oder zwei waren schon da gewesen. Mit meinem Enkel lief ich zur Vorbereitung durch den hervorragend gestalteten Maskensaal im Völkerkundemuseum in Hamburg, das jetzt politisch korrekt »Museum am Rothenbaum für Kunst und Kultur« heißt. Ein ganz besonderes Bild der Südsee wird vermittelt: nicht folkloristisch aufgearbeitet, sondern mit Witz, mit hoher Kunstfertigkeit und auch tiefgründiger Unheimlichkeit.

Die entweder komisch grotesken oder auch Ängste repräsentierenden Masken schauten uns an, selten lockend, meist abschreckend.

Warum sind Masken überall furchterregend gestaltet? Egal ob beim Fasching in unseren Breiten, in Afrika oder eben in der Maskenvielfalt der Südsee: Immer drohen sie, machen einen klein, zwingen zum Weglaufen oder fordern Mut heraus. Schöne Masken kenne ich nur aus Venedig, aber auch dort schwingt eine gewisse Düsternis aus den edlen Zügen.

Es muss an den Masken etwas haften, was verborgen ist und deshalb ängstigt. Die hässlichsten und gefährlichsten Wesen könnten sich darunter befinden.

Im Corona-Jahr 2020 wird aus der Maske der harmlos wirkende Mund-Nasen-Schutz. Aber bei vielen sieht sie grotesk aus, egal aus welchem Stoff und wie im Gesicht befestigt: Sie verursachen ein Affenprofil.

Um die Südseemasken zu verstehen, muss man sie mit dem Ahnenkult verbinden, der in der ganzen Südsee eine große Rolle spielt. Die Ahnen der Südseebewohner leben in einer anderen unsichtbaren Welt, jedoch ebenso real wie die sichtbare. Auch unbegreiflich und manchmal erschrekkend.

Urwaldgeräusche ließen unsere Augen durch die Dunkelheit suchen. Hand in Hand gingen wir. Also für solche Museumsbesuche war der Junge eigentlich noch zu klein. Aber als ich mir die Masken und die frühen Forschungsfilme wieder anschaute, erinnerte ich mich an einen Hollywood-Film, der vor Kurzem im Fernsehen lief. Auch Filmemacher und Bühnen- und Kostümbildner sind sekundär an Forschungsprozessen beteiligt. Sie nähren nicht nur Gefühle und Fantasien der Zuschauer. Ihr Anspruch ist eine an die Wirklichkeit angepasste Darstellung. Sehr genau recherchiert waren die Ausstattungen im King Kong-Film von 1976, dem farbigen Remake des berühmten Schwarz-Weiß-Films von 1933. Die Annäherung des Schiffes an die Insel nach einer langen Schiffspassage. Undurchsichtig wabern die Brandungsnebel. Dann erscheinen die spitzen Vulkankegel, auf die das Beiboot zusteuert. Strand, grüne zerklüftete Täler, Wasserfälle, alles erkennt die Touristin wieder. Das orgiastische Fest mit der Vielfalt von Kostümen und Tänzen scheint direkt dem Maskensaal des Museums entsprungen. Eine ergeben geschmückte Braut, vor der ein in ein Affenkostüm gekleideter Mann obszöne Tänze vollführt, ist das Opfer für den Monsteraffen des Titels. Sie wird zu ihrem Glück durch die weiße Blondine ersetzt, die mit einigen Schiffgenossen dem ekstatischen Menschengewimmel zuschaut. Den Rest kennen wir.

Dann entdeckte ich in meinem speziellen Bücherbord der nicht gelesenen Bücher eines, das mir, weil ich es einmal aufgeschlagen hatte, als zu verstiegen erschienen war. Diesmal vertiefte ich mich darin. Für jedes Buch muss manchmal erst die richtige Zeit kommen. Es war 1967 in Frankreich erschienen und der Autor Michel Tournier hatte für diesen Erstling gleich den Großen Romanpreis der Académie Francaise bekommen: *Freitag oder im Schoß des Pazifiks*. Eine Nacherzählung der Robinson Crusoe-Geschichte von Daniel Defoe, die ja auch seit meiner Kindheit zur Südsee, ihren Schönheiten und Schrecken, gehörte. Diese Romanvariation des französischen Autors war mir manchmal zu detailliert, zu sehr überfrachtet mit philosophischen Gedanken, die ich gleichwohl fasziniert nachempfand. Am Anfang eindrucksvolle Monologe des Kapitäns über Tarot-Karten, die Robinson sein Schicksal ankündigen sollen. Der Schiffbruch und der erste Überlebenskampf auf der Insel werden geschildert. Seine Gedanken über seine Einsamkeit, das Fehlen eines Nächsten sind von spiritueller Tiefe. Robinson kämpft mit der Wildnis einer Insel im Pazifik und wird dort heimisch. Die Insel wird seine Hoffnung, ja seine Frau, mit der er sich buchstäblich vereinigt: Dort, wo er in die Erde ejakuliert hat, wachsen alraunenhafte Pflanzen, die mit ihrem Wurzelwerk wie kleine Mädchen aussehen. Robinson ist sehr fromm, sein einziges gerettetes Buch ist die Bibel, die er studiert und mit deren Texten er sich auseinandersetzt. Immer wieder schmerzhaft wird seine Einsamkeit beschrieben und es dauert bis in die Mitte des Buches, als endlich

Freitag auftaucht, der Mit- und Nebenmensch. Was mich am meisten verwunderte, war, dass dieses Buch voller Bibelzitate und Verzweiflungsmonologe als Lizenzausgabe 1984 im Aufbau-Verlag in der DDR erschienen war. Nicht gerade eine sozialistisch-realistische Lektüre – und kein Lektor konnte zensierend eingreifen.

Es ist vor allem die Insel, von Robinson »Speranza«, Hoffnung, getauft, die hier in ihrer ganzen südlichen Prächtigkeit die Hauptrolle spielt. In diesem Buch habe ich begriffen, was eine unberührte Natur für den Menschen bedeutet. Eine feindlich-gleichgültige Natur, aber auch mit Momenten der Ekstase und liebevollen Zärtlichkeit. Ein Partner, der aber den anderen in Gefahr bringt. Gegen die eigene Verrohung erfindet Robinson eine Verfassung, setzt Regeln auf und kämpft gegen den Verlust der Sprache. Die Eingeborenen, die dort an »seinem« Strand Menschenopferrituale vollziehen, erschrecken ihn, aber ihnen verdankt er dann seinen Gefährten Freitag, der sich zu ihm rettet. Bis hierher folgt das Buch der berühmten Vorlage, dann aber entpuppt sich Freitag sowohl als überlegenes Naturkind wie als eigenwillig unbekümmerter Zerstörer, der am Ende mit einem vorbeikommenden Schiff entkommt, während Robinson aus Menschheitsekel vor der Schiffbesatzung den Entschluss fasst, auf der Insel zu bleiben. Das etwas kitschige Ende – der von der Mannschaft drangsalierte Schiffjunge flieht zu Robinson auf die Insel, sodass er wieder einen Gefährten, in diesem Fall ein »Kind« hat –, befremdet ebenso wie eine Art Sonnenkult, die mythologische Überhöhung eines Naturglücks auf der Insel, bevor die europäischen Eindringlinge dort ihre Vorräte ergänzen.

Ein weiteres Buch las ich: *Neueste Paradies Nachrichten* von David Lodge. Zwar wusste ich danach, dass nicht Hawaii mein Ziel sein würde, erfuhr aber gerade wegen der »Paradies-Kritik« viel. Es soll dort langweilig sein, weil es keinerlei kulturelle Identität mehr gibt. Hier endet Amerika, hier endet der Westen und alles wirkliche Leben scheint weit weg, ist abgehängt in einen Urlaubs- und Zufluchtsort gescheiterter Existenzen.

Der Plot des Romans ist urkomisch: Ein abgefallener katholischer Priester, verklemmt und vom Leben enttäuscht – das gibt immer wieder gute Pointen –, kommt durch Familienzwänge mit seinem alten Vater nach Hawaii und findet dort sein Glück mit einer Frau. Zurückgekehrt in England, muss er sich im alten Job als Lehrer an einer religiösen Uni zurechtfinden. Aber mit neuen Lebenserfahrungen im Gepäck leuchtet das »Paradies« Hawaii durch den Brief der dort lebenden Geliebten als Perspektive für die Zukunft auf.

Ich fand in einer Buchhandlung ein Buch über die Märchen der Südsee. Märchen sollen ja immer Informationen über den Charakter einzelner Völker geben, in dem sie Mythen, Geschichte und Helden prototypisch vorführen. Ich las Märchen über eine Krokodilshöhle, wo Brüder ihre Schwester retten sollten, von den Eltern mit Zahlen von eins bis zehn beziffert – wie bei den Römern. Der Jüngste besaß in vielen Märchen besondere, den anderen überlegene Zauberkräfte und triumphierte über seine älteen Brüder wie der biblische Joseph in Ägypten. Der starke Häuptlingssohn eroberte immer das schönste Mädchen. Die Motive ähnelten denen, die ich aus anderen Kulturen kannte, nur die ständige Vermischung der verschiedenen

Welten zwischen Himmel und Erde, Lebenden und Toten schien mir besonders ausgeprägt. Und bei Generationenonflikten siegten immer die Kinder mit ihrer Liebe, Schöneit und vornehmen Abstammung. Gelegentlich allerdings mussten sie auch die gescholtenen Diener sein, aber solche Situationen klärten sich immer schnell auf.

In einem Mythos fangen ein paar Brüder die Sonne ein, der Jüngste sagte zu ihnen: »Nun wollen wir die Sonne in einer Schlinge fangen, wir wollen sie zwingen, langsamer zu gehen, damit die Menschheit lange Tage bekommt, und besser ihrer Arbeit für des Lebens Notdurft und Nahrung nachgehen kann.« Aus Flachs spinnen und drehen sie Taue und es gelingt, sie zu fangen. Durch Schläge auf den Kopf der Sonne schafft es der Held, dass sie sich langsamer und müder bewegt und so macht sie das bis heute.

Unterschiedlich im Vergleich mit unseren Märchen war die anders geartete Rolle der Natur, die mit Meer, Lagunen, Palmen, Wasserfällen und einem Lebens- und einem Totenfluss, aus dem man natürlich jemanden auch wieder herausfischen konnte. Jedenfalls wenn man Zauberkräfte besaß, die in jedem Märchen präsent waren.

Dann las ich endlich noch den ersten Roman über eine der Südseeinseln, über Nuku Hiva, die ich ja bereits kannte. Er wurde ein großer Erfolg der Weltliteratur, geschrieben von einem Autor, der als Erster in der Reihe der berühmten Südseeschriftsteller steht: *Taipi* von Hermann Melville, 1846 erschienen. Noch nicht das Meisterwerk dieses Autors wie *Moby Dick,* aber ein Roman, der in seiner Mischung zwischen Reisebericht und Erzählung bis heute ein großes Vorbild für diese Möglichkeit des Erzählens ist. Alles, was er über die Eingeborenen schreibt, ist historisch und nur noch in Rudimenten zu finden, aber eigentlich sollte jedem Autor der Mut sinken, wenn er die wunderbaren Schilderungen liest:

Herman Melville, 1819-1891

»Sechs Monate auf See!«, beginnt das Buch, »Ja, Leser, so wahr ich lebe, sechs Monate kein Land gesichtet … unter der sengenden Sonne des Äquators, auf den Wogen des weithin rollenden Ozeans umhergeworfen – den Himmel über uns, die See um uns und weiter nichts! Schon vor

Wochen war unser ganzer frischer Proviant aufgezehrt … Oh! Ihr Luxuskabinenpassagiere! Wie viel Aufhebens macht ihr doch von einer vierzehntägigen Reise über den Atlantischen Ozean! Wie ergreifend schildert ihr die Entbehrungen und Nöte des Lebens auf See, wenn es nach einem Tag mit Frühstück, Mittag- und Abendessen von fünf Gängen, mit gemütlicher Unterhaltung, Whist und Champagnerpunsch euer hartes Los ist, in kleinen Mahagoni- und Ahornkammern eingesperrt zu sein und elf Stunden zu schlafen.«

Seinen wunderbaren Beschreibungen ist nichts hinzuzufügen:

»Die lange gemessene, trauerliedartige Dünung des Pazifischen Ozeans rollte mit winzigen, kleinen, im Sonnenschein funkelnden Wellen heran. Ab und zu schnellte ein kleiner Schwarm fliegender Fische, vom Bugwasser aufgestört, in die Luft und fiel im nächsten Augenblick wie ein Silberregen ins Meer zurück.«

»Trauerliedartige Dünung«. Mit einem kaum treffenderen Ausdruck erhebt Melville die Stimmung auf dem Ozean ins Unendliche und löst sie durch ein Bild des Entzückens auf.

Übrigens, auch bei Melville schließen sich Kreise: Sein Onkel John de Wolf war Reisegefährte von Georg Heinrich Langsdorf, der wiederum an der Expedition von Adam Johann von Krusenstern, dem Leiter der Weltumseglung 1803 bis 1806, teilnahm. Ungefähr zehn Jahre später war es Adalbert Chamisso, der unter Krusenstern fuhr.

In *Taipi* widerspricht Melville interessanterweise den lüsternen Vorstellungen, die Seeleute auf Forschungsreisen sich von den polynesischen Frauen machten. Er lässt sich über die Form der Ehe aus, die allerdings ungewöhnlich friedlich bei ihm erscheint. Da es mehr Männer als Frauen im Taipi-Tal gab, hat jede Frau zwei Männer. Noch fast im Kindesalter werden sie einander versprochen, dann aber heiratet ein älterer Mann das Mädchen zusammen mit dem Knaben. Meistens leben sie harmonisch, ohne Eifersüchteleien, zusammen. Wenn sich die Eheleute trennen wollen, ist das jederzeit ohne Schwierigkeiten möglich. Die große Freiheit in der Sexualität scheint sie gleichzeitig zu zähmen.

Robert Louis Stevenson erwähnt in seinem Buch *In der Südsee* auch Frauen mit zwei Ehemännern. Er sieht das allerdings wohl realistischer, denn es gibt eine klare Hierarchie der beiden Männer: der jüngere musste dem älteren zu Diensten sein. Nach Stevenson war er kein zweiter Ehemann, sondern nur ein geduldeter Liebhaber.

Melville war mit seinen frühen Südseeromanen extrem erfolgreich, konnte aber während seiner Lebenszeit nie wieder daran anknüpfen, obwohl seine eigentlichen Meisterwerke wie *Moby Dick* und *Billy Budd* erst später geschrieben wurden. Eine ererbte psychische Labilität machte ihm bis zum Ende seines Lebens zu schaffen. Wer *Taipi* liest, einen Roman, in dem die Erlebnisse eines beherzten Mannes geschildert werden, kann sich seine späteren Schwierigkeiten im Leben und Schreiben kaum vorstellen.

Ein großer Verehrer von Melvilles Erzählung *Taipi* war Jack London, der von 1876 bis 1916 lebte. Er war lange Seemann, bis er anfing, über seine vielen Reisen um die Welt zu schreiben und 1899 sein erstes Buch publizierte. 1907 segelte er mit seiner Frau nach Nuku Hiva. Sie gerieten in einen Sturm und konnten nicht an Land. Sie mussten die ganze Nacht vor der Küste zwischen wilden Brechern verbringen und er schreibt:

»Wir verpassten die Taiohae-Bucht und lagen die ganze Nacht fest – kein Vergnügen für Reisende, müde nach einer einsamen sechzig-Tage-Überfahrt durch den leeren Pazifik und Landhungrig und Fruchthungrig und seit Jahren hungrig voller Appetit auf das süße Tal von Taipi.«

Die Lektüre dieser Bücher waren für mich ein spannender Vergleich mit meinen bereits gemachten Erfahrungen und eine Vorbereitung für meine zweite Reise, die ich diesmal mit der legendären *Aranui*, dem Zwitter von Fracht- und Passagierschiff, machen wollte.

Notizen während der zweiten Südseereise

Gestern Abend kam ich in Tahiti an. Schon im Flugzeug und beim Umsteigen in Los Angeles fiel mir auf, dass der Tourismus in Französisch-Polynesien überwiegend auf Franzosen eingestellt ist. Und die können, wie das Ehepaar, das im Flugzeug nach Tahiti neben mir saß, in der Regel überhaupt kein Englisch. Bei den einfachsten Vokalen und Gesten schauen sie einen ohne Verständnis an. Ich hatte mich schon gefreut, dass ich drei Plätze für die Nacht frei hatte, wie einige andere auch, machte schon die Armstützen hoch, damit ich mich ungehindert hinlegen konnte. Aber, wie der Kapitän ansagte, das Boarding war noch nicht abgeschlossen. Ich hätte mir gar keine Sorgen machen müssen, ob ich es rechtzeitig nach der »Immigration« in die USA zum Anschlussflug schaffe. Die Fluggesellschaft hat auf alle angekündigten Reisenden gewartet. Auch auf dieses ältere Ehepaar, das sich dann raumgreifend neben mich platzierte. Die Frau sah aus, wie man sich in Paris eine Concierge vorstellt, der Mann schien dieser grobknochigen und mit einem nach Schweiß riechenden Winterpullover bekleideten Frau sehr ergeben. Ich floh und geriet neben eine Deutsche, die wie ich allein reiste und auch auf die *Aranui* wollte. Wir hatten zwischen uns einen Platz frei und da wir die vorderen, mit fester Begrenzung versehenen Plätze besetzten, konnte sich auch keine von uns beiden hinlegen, aber wir hatten wenigstens Beinfreiheit. Schauen Sie sich diese Franzosen an, sagte meine Nachbarin zu mir, als sie von der Toilette kam. Der Mann hatte seine nackten Füße in den Gang gestreckt und schlief am breiten Busen seiner

Frau wie ein Baby. Ihr grobes Gesicht sah schlafend sogar zärtlich aus.

Ich wurde zum Hotel transportiert, das mir abends im Dunkeln überhaupt nicht nach einem 5-Sterne-Hotel, sondern nach Kaschemme aussah. Ein hässlicher Bau, aber es ist tatsächlich eins der wenigen Hotels in Papeete und das, welches am nächsten zum Fähranleger liegt.

Die wunderbaren Lichter auf dem Hügel fielen mir sogleich auf. Das Meer konnte ich nicht sehen, wie jetzt im Hellen. Schöne Landschaft, sonst nur Industriebauten oder kleine Häuser im Grünen. Gegenüber ein Lastwagen, dessen Fahrer sich an die Straße stellt und pinkelt.

Während ich gestern in der schummrigen Beleuchtung nichts fand, was funktionierte, bin ich jetzt von einem ersten Rundgang zurückgekehrt und alles funktioniert: die Klimaanlage, der Safe und es windet frisch auf der Dachterrasse vor meinem Fenster im 4. Stockwerk. Ich stelle mir jetzt den Wecker, damit ich Jetlagtrunken nicht zu lange tagsüber schlafe.

Bin nur kurz weggewesen. Bisher merke ich fast keinen Jetlag. Und die Schlaftablette, die eine befreundete Ärztin mir für alle Fälle geschenkt hatte, habe ich auf der Reise im Flugzeug bisher nicht gebraucht. Die macht süchtig, sagte sie. Und gibt sie immer ihren Söhnen bei langen Reisen. Überhaupt sind Ärzte schnell dabei mit Medikamenten, ist mein Eindruck. Diese jedenfalls hatte mir außerdem teure Vitaminpräparate empfohlen, die sie selbst nimmt und die auf jeden Fall nicht schaden, wie sie sagte, aber vielleicht dem Immunsystem nützen. Und ich, aus Angst vor Ansteckungen, habe sie gekauft und genommen. Die junge Apothekerin, bei der ich sie gekauft habe, nimmt sie auch. Ich merke nichts.

Ich sitze jetzt auf meinem Balkon, der seit Kurzem ganz im Schatten liegt. Der Temperaturunterschied zwischen drinnen im Zimmer und draußen auf der Terrasse sind mindestens zehn Grad. Es gibt ein hübsches Kirchlein, das seinen Turm hochreckt zwischen den Zweckbauten. Und dahinter rollt ein Brandungsstreifen, weiß gezirkelt, trennt tieferes und matteres Blau. Die Bergspitze ist bisher immer wolkenverhüllt.

Mein Spaziergang hat mich erst in die Irre geführt, ich landete in Sackgassen am Meer vor Fischverarbeitungsbetrieben oder Fischereibedarf. Es dauerte eine Weile, bis ich im Zentrum war, erkannte dann das Gebäude des großen Marktes, wo ich frische Mango kaufte und einen zweifarbigen Ring, mit dunkler und hell schimmernder Perle. Hoffentlich habe ich nun davon genug. Ich sah den Shop im ersten Stock, in dem ich meine Tahiti-Perlen bei meinem ersten Südseebesuch gekauft habe.

Am Kai lagen zwei größere Kreuzfahrtschiffe. Ich geriet zwischen die Leute, dazu gehören wollte ich nicht.

In der großen dunklen Platte meines Tisches spiegelt sich ein schlankes Vogelpärchen mit spitzen Schnäbeln und schmalen, weit ausgespreizten Flügeln. Sind es nicht Fregattvögel, die sich mit warmen Aufwinden messen? Das Klima ist göttlich im Schatten des Passatwindes.

Ich frage mich, wo die schönen Menschen geblieben sind. Sie sind reizend, meist dick, mit breiten Gesichtern und flachen Nasen. Manchmal fällt eine Schönheit auf, die bezaubert. Ob das ein europäischer Einfluss ist oder nicht, will ich lieber nicht entscheiden.

Es tut mir gut, wieder den Anschluss an den inneren Monolog zu finden. Das hatte ich lange nicht, denn der Umzug, seine Vorbereitung und Ausführung hat mir das letzte Jahr viel Zeit genommen, abgesehen von den persönlichen Kontakten, die mir wichtig sind. Ich brauche einfach mehr Kommunikation als viele andere. Schreiben allein genügt nicht. Aber ich leite auch einiges beim Reden mit anderen ab und habe das Gefühl, das Wesentliche versickert manchmal ohne Spuren. Ich habe meine Schwester gefragt, ob sie nicht auch das Bedürfnis hat, etwas festzuhalten, zu schreiben. Nein, sagte sie, und es wäre ihr auch unverständlich, Lebenszeugnisse aufzubewahren und sogar wegzugeben in ein Archiv wie ich. Ach, sagte ich ihr, wenn nicht gesammelt würde, dann gäbe es keine Bücher über Schriftsteller oder Künstler, keinen Thomas Mann, keinen Musil, keinen Picasso und so weiter. Das gab sie zu.

Heute bin ich einmal in abseitige Gebiete vorgedrungen. Erst wollte ich den Berg hinauf. Dann den chinesischen Tempel sehen. Dorthin führte eine befahrene Straße, von ihr liefen viele kleine in flach bebaute, grün überwucherte Gebiete. Dort wohnten ärmere Leute. Als ich einen der schmalen Gänge entlang ging, hinein in Verwahrlosung, starrten sie mich an, erschreckt bin ich umgekehrt. Und beinahe überfahren worden. Ich schaute auf das Schillern von Lichtern vor einer Apotheke, wo die Temperatur – 36 Grad, allerdings sonnig beschienen – angezeigt wurde. Plötzlich spürte ich hartes Metall an meinem Arm. Ein Auto, das vom Parken auf die Straße zurückfahren wollte. Ich ging zum Fahrer und seiner Frau, die mich erst ärgerlich ansahen, dann aber erschreckten, weil ihnen bewusst wurde, dass sie schuld gewesen wären. Der chinesische Tempel war überall privat, witzige Figuren, Affe, Schlange, Pferd, mehrere Schweine säumten die Auffahrt. Rote Lampions und Lichterketten zeugten von Vorbereitungen für ein Fest.

Einmal bin ich auf dem Weg zurück ins Hotel in die falsche Richtung gelaufen. So genau wie früher behalte ich die Wege nicht mehr im Kopf.

Im Restaurant war ich der einzige Gast. Eine fetttriefende Pizza, von der ich kaum die Hälfte essen konnte. Für »späteren« Hunger habe ich sie mitgenommen, aber wer weiß … Jetzt ahne ich, warum selbst die kleinen Jungs und die jungen Männer schon so rund und fleischig sind.

Auch heute zieht sich ein Lichtermeer den Hügel hoch. Gelbe und weiße Straßenlichter gemischt. Ich sehe jetzt die Viertel, die ich nie erreichen werde. Sind oben die Reichen? Oder die noch Ärmeren in ihren Bruchbuden wie unten zwischen den Hauptverbindungen der Straßen. Hoch über einer lockeren Bebauung steht erleuchtet ein Kreuz. Wer hat es dorthin gesetzt? Jedenfalls gibt es nicht nur Tempel der Chinesen, auch die von Mormonen. Jede kleine Gruppe ist hier im Glauben separiert.

Der dritte Tag in Papeete. Ich lief weit um die Bucht und betrachtete Einkaufszentren, Kirchen und Museen. Kaufte dann doch das praktischere Kleid als das extravagante. In der Kathedrale sah ich mir die Zeichnungen zum Kreuzweg an. Es stimmte, was ich gelesen hatte: Maria war eine Eingeborene mit einem Kranz aus Blättern und Blüten, Petrus sah sehr polynesisch aus und Jesus ebenso.

Innen, neben der Tür, ein bisschen versteckt in der Ecke, saß angelehnt ein versehrtes Püppchen. Sie hatte nur ein Bein. Wer auch immer sie hingelegt hatte, irgendetwas von Schamanenzauber umflirrte sie und sprang auf mich über. Vielleicht hatte ein kleines Mädchen ihre kaputte Puppe dort unten an den Türpfosten abgelegt, um zu verhindern, dass dieses beseelte Wesen ihrer Kindheit auf den Müll geworfen wird? Oder jemand hat sie als heimliche Votivgabe in die Kirche gebracht, um einen heilenden Segen zu bekommen? Vielleicht ist sie nach einem Kirchgang auch nur vergessen worden.

Das Perlenmuseum zeigte den Weg und den weltgeschichtlichen Einfluss der Perlen von Cleopatra bis zu Elisabeth I. Bilder von Filmstars und heutigen Königinnen, alle mit Perlen. Ich darf gar nicht sagen, dass zu Hause ein Bekannter mich einmal gefragt hat, was für eine Kette ich denn trüge, eine aus Metall? Auch die zwei Perlen an meinem Finger haben diesen metallischen Glanz, der mich abhält, kostbarere Stücke mit Gold oder Brillanten zu kaufen, selbst wenn ich das Geld dazu hätte.

Perlen werden auf jeder Südseereise ein Gesprächsthema, denn kaum jemand widersteht dieser Überfülle dort. In Europa muss man erklären, was es mit den dunklen Perlen auf sich hat, auf den Südseeinseln muss man sich einen kritischen Blick angewöhnen, um überhaupt noch Unterschiede wahrzunehmen. Aber langsam schult sich das Auge, um A,-B,-C-Qualität und Barockperlen zu unterscheiden. Alles andere ist Schrott. Dafür gibt es von einer anderen Schmuckspezialität der Südsee, den Korallen, kaum noch etwas zu kaufen. Es ist im Gegensatz zur Industrie der Perlenzucht verboten, die empfindlichen Korallenriffe anzutasten. In meiner Jugend lagen in jedem Juwelierschaufenster die mattroten glänzenden Fossilien als perlengeformte Ketten oder zurechtgestutzt in ihrer verästelten natürlichen Form. Ich habe von meiner Tante zwei Korallenketten geerbt, die ich eigentlich nie getragen habe, aber seit Kurzem doch schätze. Seit ich weiß, dass sie nicht mehr angeboten werden!

Dann sah ich das Haus einer früheren Königin, jetzt völlig unzugänglich umzäunt und abrissbereit. Überhaupt darf man nicht zu genau hinsehen bei den Häusern. Bettler hingegen sind nicht zu übersehen. Das Rathaus allerdings ist ein Schmuckstück aus der Kolonialzeit, ebenso die anderen öffentlichen Gebäude.

Auf dem Rückweg – immerhin war ich fast vier Stunden auf den Beinen – ging ich noch einmal in die Touristeninformation, um zu erfahren, ob ich morgen eventuell einen Ausflug an der nördlichen Küste zum Venuspunkt machen könnte, dort, wo Kapitän Cook die Venus beobachtete, als sie vor der Sonne passierte. Die beiden kleinen Mädchen dort verstanden gar nichts, dabei sprach ich inzwischen flüssig Englisch. Ich musste darauf bestehen, jemanden zu holen, der Englisch versteht. Mit Französisch kann ich gar nichts machen, außer es zu lesen, beim Sprechen verfalle ich immer wieder ins Italienische. Dann erfuhr ich, dass es den öffentlichen Bus gibt. Er fährt los, wenn er voll ist und der letzte um drei Uhr zurück aus der Stadt, die dort zu Fuß erreichbar in der Nähe ist. Ich ging zurück ins Hotel und musste mich hinlegen. Jetzt merke ich im Pochen meines Ohres die Anstrengung. Inzwischen hat es gegossen, die große Hitze ist etwas weg. Die Klimaanlage habe ich ausgeschaltet und sitze jetzt an der offenen Terrassentür. Die

Deutsche aus dem Flugzeug war die erste Nacht im Frauenschlafsaal eines preiswerten Hostels, die beiden anschließenden Nächte in einem Resort am Strand. Die hätten sie am Abend der Ankunft nicht mehr abgeholt. Ich merke, dass ich keine Lust auf lange Wege mehr habe, lieber bequem bin als schöner untergebracht. Übermorgen geht es aufs Schiff. Zum Glück weiß ich jetzt den kürzesten Weg dahin. Was ich morgen mache, weiß ich noch nicht. Einfach im Bett liegen und in den Himmel gucken, ist auch gut. Habe ich lange nicht gemacht.

Am Abend gegen sechs trommelt es immer vom Anleger her über die Stadt. Ein Kreuzfahrtschiff wird verabschiedet. Heute Morgen sah ich die Busse, die Taxischlangen, die mit einheitlichen T-Shirts kenntlichen Reiseführer auf die Kreuzfahrer warteten, die sich noch im Bauch des Schiffes versammelten, um die Insel zu erkunden.

Traurige Tropen. Der Titel dieses Buches von Claude Lévy-Straus ist ein geflügeltes Wort geworden. Gestern eine Schwüle und heute regnet es heftig. Ich habe sogar den Sonnenaufgang verschlafen, denn als ich aufwachte – wohl doch die ganze Nacht geschlafen, von neun bis sieben früh – war alles voller Nebel, der sich jetzt in einen heftigen Regen löst. Nicht mal das Fenster kann ich auflassen, denn es war schon überschwemmt, als ich mir meinen zweiten Kaffee von unten holte.

Das Zimmermädchen putzt, ich schreibe. Das ist genau das, was mir gefällt. Und bin froh, gestern keinen Ausflug für heute gebucht zu haben.

Zurück vom Markt. Ich kann keine schwarzen Perlen mehr sehen. Wie gut, dass ich meine Kette zu Hause gelassen habe. Den Ring habe ich gleich Montag gekauft, heute würde ich auch das wohl nicht mehr tun. Jedes Mal, wenn ich die schönen Muschelschnitzwerke in den Marktständen sehe, denke ich an das Indianercollier aus Korallen und Türkisen zu Hause im Schmuckkasten, das ich auch nie trage. Einen Pareo habe ich gekauft, bunt gebatikt, vielleicht für eine Freundin.

Wie schnell doch ein Hotelzimmer vertraut wird. Der Wunsch nach einer Behausung. Ab morgen die Kabine?

Ich kann hier im Bett sitzen und einfach hinaussehen. Heute Morgen in den Regen, jetzt auf den Himmel, in dem Wolken gnädig die Sonne verbergen. Am Abend vor dem Einschlafen schaue ich auf ein Lichtermeer, das den Berg hochkriecht. Und ich kann einfach so sein, ohne zu denken, was tue ich jetzt, wen muss ich anrufen. Die Mails bekomme ich hier. Zum Glück sind meine Jetlag-Kopfstiche weg. Ich bin wieder auf mich allein gestellt, nicht so verbunden wie die letzte Zeit mit meinem Partner.

Mit meinem Schirm bewaffnet werde ich noch einmal hinausgehen, wenn es nicht regnet, habe jedoch das Gefühl alles zu kennen.

Der zweite Tag auf See. Die *Aranui* kam eine Stunde später an, sie war vorher in Australien überholt worden.

Über dieses Schiff, diese beeindruckende Mischung aus Frachtschiff und Passagierschiff, ist viel geschrieben worden und es gehört zu den Traumreisen, die sich viele wünschen. Auch ich bin froh, die Reise endlich verwirklicht zu haben. Die Fahrt zu den Marquesa-Inseln ist die am weitesten entfernte von jedem Festland. Immer moderner werden die Schiffe, die *Aranui 5*, die ich schon vor Jahren bei meiner ersten Südseefahrt gesehen habe, damals ganz neu, hat die ursprüngliche Form als Fracht- und Passagierschiff beibehalten. Im Bau befindet sich ein reines Kreuzfahrtschiff für 300 Passagiere. Das Geschäft mit dem Tourismus ist wohl lohnender als die Frachtauslieferung von Insel zu Insel. Auf dieser ersten Fahrt im Jahr 2020 sind 205 Passagiere und etwas über 100 Besatzungsmitglieder. Nicht alle der 254 Plätze sind belegt, da eine Reihe von Einzelkabinen gebucht wurde.

Auf mich wartete Herma, die im Flugzeug neben mir gesessen hatte. Jetzt habe ich den Eindruck, sie hat schon andere um sich versammelt. Lernte durch Amerikaner eine Frau aus Rostock kennen, die mir gut gefiel und mit der ich den ersten Ausflug heute zusammen machte.

Fakarava, ein Atoll, das zweitgrößte nach Rangiroa. Gebadet habe ich wieder mal nicht, aber es war schön, die einzige gepflasterte Straße entlang zu gehen, vorbei an gepflegten oder verrotteten Häusern, einer sehr schönen Kirche mit Marienstatuen und einem himmelblauen Innendach. Als Lampen hingen überall Muschelketten von den Balken. Außerdem gab es noch eine Kapelle, wo man fast im Freien saß, die Marienstatuen vor sich. Dahinter ein Friedhof und hinter dem Friedhof der Ozean.

Robert Louis Stevenson hat mit seiner Familie eine Weile auf Fakarava gelebt, schildert die Eigentümlichkeit, auf einem schmalen Streifen Land zwischen zwei Wasserflächen zu leben, die unterschiedlicher nicht sein könnten: »… das Leben auf einem Atoll spielt sich ganz auf dem Strand der Lagune ab. Dort liegen die Dörfer, dort fahren die Kanus … und die Ozeanküste ist ein verfluchter und verlassener Ort, die passende Szenerie nur für Zauberei und Schiffbruch und in der Vorstellung der Eingeborenen ein beliebter Platz für mörderische Geister«, schreibt er.

Atolle sind sehr verletzliche Inselzüge, lang ins Meer hingestreckt und an beiden Seiten von Strand gesäumt sowohl zur ruhigeren Lagune als auch zum Ozean. Es gibt Passagen, aber auch ständige Erosionen und drohende Zyklone oder Taifune. Einige der Korallenriffe werden mit der Zeit vom Meer zurückgeholt.

Es regnete, aber was machte das schon in der Wärme. Am Ufer der Lagune hatte sich eine Rotte von Riffhaien versammelt. Die versammelten sich dort, wo wir angeblich schnorcheln sollten. Harmlos sollten die sein. Mir ist das Leben dort im Wasser, das unter der Oberfläche so leuchtend und farbig sein soll, fremd. Nur weil ich es nicht kenne? Vertraut machen bedeutet, sich nass zu machen, den Kopf unter Wasser zu halten, ja, diffuse Ängste zu überwinden. Das sind also die Voraussetzungen neuer Erfahrungen. Die Lufterlebnisse sind mir genug, der Wind, der die verschwitzte Haut trocknet.

Mit Alexandra aus Rostock kaufe ich auf Fakarava Kleider. Eine Frau, die dort lebt, hat einen kleinen Laden. Sie kann Englisch und ist eine aparte Mischung aus Polynesierin und Europäerin. Mit anderen Frauen auf der Insel batikt sie die Stoffe und näht hübsche Strandkleider. Interessant worauf ich jetzt achte, wenn ich etwas zum Anziehen kaufe: Nicht zu kurz und die Schultern bedeckt. Alexandra erwirbt für sich ein kurzes blaues Kleidchen, mit dünnen Hemdträgern. Während sie das Kleid häufig an Bord trägt, bleibt meines in der Kategorie »als Nachthemd okay« im Koffer. Diese Art Kleidchen und Nachthemden tragen die Frauen auf den Inseln auch. Nur bei Vorführungen haben sie den Kopfschmuck ihrer Vorfahren, die Haifischzahnketten und Bastgebinde um die Fesseln.

Heute ist der erste von zwei Seetagen, einer auf der Hinfahrt zu den Maquesas, den anderen auf der Rückfahrt. Inzwischen sortiert sich das Deutschengrüppchen. Wir sind die zweitstärkste Gruppe an Bord, natürlich zählt man die Skandinavier, die Belgier, Niederländer, Schweizer, Österreicher, Luxemburger, Liechtensteiner dazu. Franzosen, die in der Mehrheit sind und sprachlich im Vorteil, beherrschen das Leben an Bord des Schiffes, Amerikaner auch, obwohl sie nicht in der Mehrzahl sind.

In der Nacht gab es ein schönes Geschaukel. Als ich nach dem Aufwachen aus dem Bullauge guckte, sah ich meterhohe Wellen, durch die das Schiff dahinzuschießen schien. Es fährt nicht so gemütlich wie ein Kreuzfahrtschiff mit seinen Stabilisatoren, obwohl die *Aranui* diesen vom Bordleben her vollständig gleicht. Nur die Abendschau fehlt und die Kleidung ist leger. Die *Aranui* pflügt scheinbar sicher durch die wild aufschäumenden Wasser und nur die Laufstangen im Gang muss man etwas häufiger benutzen als auf einem Kreuzfahrtschiff.

Die flache Insel gestern, üppig bewachsen, die hochragenden Vulkane auf Tahiti, grün überzogen. In der Südsee ist das Erdaltern zu besichtigen. Die verschiedenen Formen der Inseln, schwarze Felsen, wo es steil hochragt und allenfalls in einer kleinen Bucht etwas schwarzer Strand auftaucht. Flache begrünte Atolle mit gebleichten Stränden, eine schimmernde Lagune umschließend. Vulkane erlöschen und versinken im Meer. Um sie herum wächst Land. Korallenringe steigen aus dem Meer und von irgendwoher wehen die Samen und die Tiere steigen aus dem Wasser und alles entwickelt sich, vielleicht sogar einmal Menschen. Nicht nur sie kommen und gehen, nicht nur die Wellen, also alles, was man sieht, sondern auch das Unsichtbare verschwindet in einer unendlichen Leere, wenn man mit meditativen Augen schaut.

In der Bibliothek finde ich tatsächlich einige Bücher über die Südsee. Vor allem Bücher von Lektoren, die sie der Bibliothek überlassen haben. Die englische Lektorin von einer bedeutenden amerikanischen Universität, die gestern über Sprache, Essen und Sex auf den Marquesa-Inseln sprach, hatte es sich bequem gemacht, wodurch sie auch für mich leichter zu verstehen war. Alles projizierte sie auf eine Leinwand, an der man mitlesen konnte.

Die linguistischen Probleme demonstrierten die Einflussnahme der Franzosen auf die Sprache. Auch die Einführung von Reis stand im Mittelpunkt bis hin zu entsprechenden sprachlichen Veränderungen, die sich in Bezug auf Sex zeigen. Behalten habe ich, dass es auf den Marquesas üblich war, die jungen Männer zu beschneiden, allerdings nicht als Babys wie bei den Juden, sondern im Alter von etwa acht bis zehn Jahren. Und immer schon gab es das dritte Geschlecht, Mahu genannt, Männer, die Frauenarbeit verrichteten und sich so kleideten. Wie hier an Bord die Boutique-Verkäuferin, die sehr groß gewachsen ist, einen männlich geformten Bauch im engen Rock trägt und mit undefinierbarer Stimme spricht. Alle diese kulturell geprägten Sitten, auch die Polygamie, existierten im Untergrund weiter, obwohl die katholische Kirche, die dort erfolgreich missionierte, moralisch strenge Grenzen setzte. Heute ist durch die Internetverfügbarkeit bei der Partnersuche sehr viel mehr Freiheit zugelassen und heiraten kann man selbstverständlich auch, wenn man gleichen Geschlechts ist.

Die Perlen, immer im Gespräch hier. Eine Ärztin kauft 1-A-Qualität aus dem Schauraum an Bord. Die Frauen zeigen sich verschämt ihre Einkäufe. Die Leidenschaft ergreift alle. Egal, ob ein Perlchen am Strand gekauft wird oder in der edlen Boutique. Und alle in neuen Kleidern. Sie sind bunt bedruckt mit Blüten in leuchtenden Farben, ganz leicht.

Der Vortrag über die Geschichte der Marquesas war eher einer über Entdecker und Kolonisatoren. Und viel zu lang, fast zwei Stunden. Wir hatten also genug Zeit, einander zu mustern und uns zu bestätigen, gute Einkäufe gemacht zu haben.

Es gibt einiges nachzutragen. Vor allem meinen Ärger und dann die Freude. Ich habe eine neue geräumige Kabine mit sogar zwei Fenstern. Es ist die Behindertenkabine, die in Fakarava frei wurde, wo der Boss eines Fernsehteams untergebracht war, das dort für Filmaufnahmen ausstieg.

Gestern Nacht und auch heute Nacht schlief ich zwar schnell ein, wachte aber um drei Uhr auf, um nur noch zu dösen. Über mir lösten sich Ketten, plumpsten Gegenstände, lachten brüllend Männer.

Ich bekam doch einige Wut. So viel Geld und so viel Belästigung. Wie sollte ich noch über eine Woche durchhalten?

Morgens beschwerte ich mich. Mir wurde eine Kabine im 5. Stock angeboten, kleiner, dunkler, mit einem Rettungsboot vorm Fenster. Man sah nichts. Und sie lag sehr nah an den Konferenzräumen.

Ich erklärte, ich wolle mich am nächsten Morgen entscheiden. Als ich heute früh an die Rezeption ging, war die Sache wohl bis zum Hotelmanager durchgedrungen. Ich kriegte mit, dass sie mir eine andere Kabine anbieten wollten. Nun, die war hier, im vierten Stock nicht weit vom Speisesaal, groß, zwei Fenster nach draußen, ohne Sichtbehinderung und ein Ankleideraum hinter einem großen behindertengerechten Badezimmer. Eines hat mich die Sache gelehrt: Man muss sich beschweren. Nicht einfach alles schlucken, sondern durchaus auf sein Recht pochen.

Die Eindrücke überlagern sich. Gestern Hiva-Oa, die wunderbare archäologische Anlage Te l'ipona nicht weit vom Hafen Puamau. Dort steht der größte Tiki Polynesiens, denen auf den Osterinseln an Größe beinahe ebenbürtig. Einer hat sogar sechs Finger, worüber immer wieder gerätselt wird. Eine Anomalie? Oder deutet es auf geheimes Wissen von einer Kraft hin, deren Kenntnis verloren ist? Und es gibt dort eine steinerne Schwangere, die aussieht wie eine antike Sphinx. Nachmittags besuchten wir das Dörfchen Vahitahu mit der Kirche, wo der Portugiese Mendana 1595 die erste Messe auf polynesischen Boden lesen ließ. Heute legten wir im Hafen Autona an, der zweitgrößten Stadt, dort, wo Gauguin sich bei seinem zweiten und letzten Aufenthalt aufgehalten hat. Sein Grab ist eines der schönsten Gräber, die ich kenne: Weit blickt man von dort über die Bucht, die Stadt und den Felsen, der davor wie ein Urgestein liegt. So muss man begraben werden, sollte man etwas danach noch sehen können. So als Idylle erscheint die Landschaft auch auf Gauguins Bildern. Nach dem Friedhof ging es in das Städtchen, in dessen Läden angeblich alles, was es hierzulande gibt, zu kaufen ist.

Ein Museum voller Kopien. Sie wurden von guten einheimischen Künstlern hergestellt. So eine Fülle von »Gauguins« sieht man nirgendwo. Was mich erstaunte, war, dass Gemälde an den luftigen Wänden des Hauses hingen, die ich noch nicht einmal als Abbildungen gesehen hatte. Gleich am Anfang waren alle seine Selbstporträts nebeneinander gehängt. Arrogant, nachdenklich, depressiv. Eine tahitianische Maria, Landschaften mit blauen Baumstämmen und roten Pferden. Den Abschluss bildet Gauguins Horoskop, geboren am 7. Juni 1848 um 10 Uhr in Paris. Zeugnisse seiner Zerrissenheit zwischen sensitiv und wild zeigt sich schon in den Sternen.

Die Besatzung der Bargen, mit denen wir an Land gefahren und abgeholt werden, besteht aus kräftigen Kerlen. Polynesier gut genährt, muskelbepackt, groß, tätowiert. Gebt euch ihnen hin, wenn ihr ein- oder aussteigt, wurde uns geraten, nichts selbst tun, einfach geschehen lassen. Und so strecken wir die Arme aus, lassen uns ergreifen und wir fallen wie Kindchen in die Arme der lachenden Seeleute. Sie sind es auch, die vor meinem Fenster hin- und herlaufen, mit Tauen hantieren oder herumschleifen. Schattenhafte Gestalten, während ich auf dem Bett träume. Mir wurde versichert, sie könnten nicht hineinsehen. Das tun sie sowieso nicht, so beschäftigt sind sie.

Fatu Hiva. Omoa. Der Höhepunkt? Am Hafen das ulkige Standbild eines Tiki-Pärchens. Sie stehen Kopf an Kopf und Rücken an Rücken mit ausladenden Hinterköpfen und Popos, eine Silhouette, die auf unzähligen Fotos die Südsee charakterisiert. Diese Tikis, die Ahnen verkörpernd, stehen in jedem Andenkengeschäft oder -markt, manchmal kostbar aus edlem Holz geschnitzt. Bei diesen Doppeltikis weiß man nicht, ob es sich zum Beispiel um Zwillinge oder Brüder handelt oder um einen Häuptling zusammen mit seinem Schamanen, beide die Oberschicht repräsentierend. Oder ist es der geheimnisvolle Doppelgänger des Menschen, der ihn ins Jenseits begleitet, der in der Traum- oder Geisterwelt auf ihn wartet?

Ein wunderschönes Dörfchen, jedes Haus von einem Garten umgeben, üppige Früchte. In der Mitte eine Halle, der sogenannte Kunstmarkt und hier gibt es im Verhältnis günstig die Waren, die es fast überall gibt, aber auch Tapa, das traditionelle Gewebe aus Maulbeerbaum mit originellen Zeichnungen.

Im Garten führen Leute vor, wie man den Stoff herstellt. Die Rinde wird abgeschält und abgeschabt, bis sie weich genug ist, um den Körper zu umschließen.

Es gibt Touristen, die sind mit ihren Kameras behängt und können kaum einen Schritt tun, ohne in ihren Rucksäcken zu kramen. Auf Dauer kann man auf sie nicht immer warten, sie müssen Einzelgänger sein, schlecht zu Fuß, dabei doch immer auf der Suche nach dem perfekten Bild und eins reicht nie.

Erstaunlich, dass sie danach nichts anderes im Sinn haben,

als ihre Bilder nach Hause zu schicken und viel Zeit damit zu verbringen, ein geeignetes Internet zu finden.

Ich trennte mich und versuchte die Steinzeichnung zu sehen, von der uns erzählt worden war. Rechts ging der Weg in den Wald, allein mochte ich nicht gehen, war mir doch vorher auf dem Rückweg jemand begegnet, der sie nicht gefunden hatte, sondern sich wohl verlaufen hat.

Zwei jüngere Männer kamen mir entgegen, Franzosen, aber einer sprach gut Englisch. Ihre Gruppe hatte nichts von den Steinen im Wald gehört. Mir war ja der Weg genau beschrieben worden. Sie wollten es probieren, fragten auch einen Einheimischen danach. Das ist der Vorteil der Franzosen hier, sie können sich mit allen verständigen. Zu mir waren sie sehr höflich – ein schwules Pärchen – und warnten mich vor Fußangeln oder rutschigen Blättern auf dem Weg.

Eine gute Viertelstunde ging es den Wald hoch, ein mit Palmwedeln und vertrockneten Blättern gepflasterter Weg. Als mir Deutsche begegneten, wusste ich, es war erfolgreich dort zu laufen, auch mit der Zeit gut zu schaffen. Und dann lagen große flache Steine rechts in einer Mulde, zum Glück wusste ich, dass man nach hinten gehen musste, um die Zeichnung im Stein – ein riesiger Fisch, der die Form des Steines nachzeichnete – zu sehen. Zauberhaft, egal wie alt die Zeichnung ist.

Diese Zeichnung, eine Petroglyphe, wie es heißt, aber ob prähistorisch wie vielfach in der Welt vorhanden, wird bezweifelt, hat einen in den 50er, 60er Jahren berühmten Abenteurer in seinen Ideen bestätigt. Viel wurde damals über Thor Heyerdal geschrieben, seine Fahrt mit der *Kontiki* 1947, die beweisen sollte, dass die Polynesier von

Südamerika die Südsee bevölkert haben und nicht, wie allgemein behauptet, von Asien aus in neue Lebenswelten zogen. Besessen war er geradezu, diese These zu beweisen, die inzwischen von der Wissenschaft als falsch bezeichnet wird. Bewiesen hat er auf jeden Fall seinen Mut und seine Risikobereitschaft. Angeblich war die Entdeckung dieser Felszeichnungen für ihn, der ein Jahr auf Fatu Hiva gelebt hatte, Ausgangspunkt für seine Theorien. Wollte er den Ureinwohnern nicht zutrauen, dass sie selbst diesen Fisch in den Stein geritzt hatten?

Ich dankte den beiden Franzosen und ging allein zurück, wieder vorbei an den Gärten und den Einheimischen, die inzwischen ihre Waren im Kunstmarkt eingepackt hatten und nach Hause gingen.

Gestern Nachmittag wurde noch eine Fahrt zur anderen Seite der Insel nach Hanavave organisiert. Das Dörfchen wirkte etwas ärmlicher, lag allerdings unter dramatischen Felsformationen. Das Tal führte langsam bergan, nicht weit von einem bescheidenen Kirchlein weideten Pferde in einem Gauguin-Wald wie auf einem seiner Gemälde. Man konnte zu einem Aussichtsplatz am Kreuz nach oben fahren, hätte aber ein Auto vorher bestellen müssen. Das war an mir vorbei gegangen. So lief ich mit anderen Frauen einfach los, in die Nebel, die sich hoben und als Regen mit Sturm wieder auf uns senkten. Mein leichter Schirm klappte um, ich dachte schon, er sei hinüber, aber ein junger Polynesier am Weg bog an den Speichen und bekam ihn wieder funktionstüchtig.

Heute nun Nuku Hiva, die einzige Insel der Marquesas, die ich schon kannte. Das Schiff lag an einer mir unbekannten Pier von Taiohae, die Hauptstadt weiter links. Ein anderes Kreuzfahrtschiff hatte den vorgesehenen Liegeplatz besetzt. Nun haben wir einen weiteren Weg ins Dorf, weil unsere Reederei wohl weniger gezahlt hat.

In Autos ging es gleich hoch, dieselbe Strecke wie damals, und wieder sah ich den Fluss mit der schäumenden Süßwassergrenze aus dem Taipi-Tal ins Meer münden. Diesmal fuhren wir weiter zu einem archäologischen Platz mitten im Wald nahe Hatiheu, genannt »Kamuhiei«, wo sich unser Guide Jörg Nitzsche, der lange schon auf Tahiti lebt und für die deutschsprachigen Gäste der *Aranui* arbeitet, wieder sehr ausführlich über die Geschichte der Marqueser ausließ. Behalten habe ich, dass es wirklich ein streng hierarchisches System war. Wer adelig war, hatte Glück, sein Mana war mehr wert. Das »Mana«, das im Kopf sitzt, auch in den Haaren, selbst in den abgeschnittenen Fingernägeln. Und bei der Menschenfresserei ging es natürlich auch um das Mana, das man sich einverleibte. Wie bei allen ursprünglichen Völkern waren die Ahnenreihe und der Versuch, seinem eigenen Mana einen ihnen ebenbürtigen Platz zu verschaffen, extrem wichtig. Mana, das ist die Beseelung, auch durch den Namen charakterisiert und das unterscheidet uns nicht von den alten Völkern. Will nicht auch ich etwas von mir aufbewahrt wissen? Die Gene in den Nachfahren, die Gedanken in Büchern. Wie die Ahnen der Stämme, die sich durch Symbole kenntlich machten. Auch heute sahen wir Steinzeichnungen, die sogenannten Petroglyphen, mit Fisch, Schildkröte und menschlichen Figuren. Die Frau war durch ein Loch in der Mitte kenntlich, der

Mann durch einen herausragenden Stab.

Noch immer gibt es die Steinschichtungen von Grundmauern, wo früher Häuser standen. Und die imposanten heiligen Banyanbäume, der größte fast 60 Meter im Umfang. Sie waren früher tabu, was in der Vorstellung der Insulaner interessanterweise sowohl das Heilige als auch das Unreine umfassen konnte. Selbst heute noch wirken sie nicht nur grandios, sondern auch unheimlich. In ihrem Gestrüpp wurde alles versteckt, was zum Anhäufen von Mana gehört, selbst ganze Leichen. Stevenson berichtet von Festen, in denen die Häuptlinge und Adeligen in streng geordneter Reihenfolge auf den terrassenförmigen Stufen saßen und vom »Langschwein« essen durften. Lang und breit lässt er sich über den Kannibalismus aus, der seiner Meinung nach nur in Hungerszeiten ausgeübt wurde.

Es hatte kurz vorher geregnet und so waren die alten Steine rutschig, es war gar nicht so leicht, auf ihnen herumzukrabbeln.

Die erste große Zeit der Marquesas war die Zeit, in der sie von Asien herüberkamen, vielleicht vor acht- oder neunhundert Jahren. Als die Europäer kamen, Ende des 16. Jahrhunderts war sicher ihre Hochzeit. Daher stammen diese Steinansammlungen. Es soll immer wieder, etwa alle zehn Jahre, hier eine Trockenzeit geben. Es regnet weniger auf dieser nördlichen Insel als zum Beispiel in Hiva Oa oder Fatu Hiva. Während dort die Nahrung den Leuten in den Mund wuchs, gab es hier auf Nuku Hiva Hungerzeiten. So nahmen sie sich gegenseitig fruchtbaren Boden weg, bekriegten sich und versuchten auch in Hungerzeiten sich von den Leichen zu ernähren. Ansonsten ging es beim Kannibalismus immer um die Kraft, um das Mana des Feindes, das man sich zu eigen machen wollte. Hunger oder Mana, genau weiß man nicht, welches die Ursprünge des Kannibalismus sind. Den Häuptlingen wurden die Augen angeboten oder die Hände, die eine besondere Delikatesse waren, wie Robert L. Stevenson berichtete. Delikatesse wegen ihrer innewohnenden Kraft, denn was macht der Mensch alles mit den Augen und Händen. Es gibt sogar den Tiki mit sechs Fingern, wie ich gesehen hatte!

Das Dorf Hatiheu, war einer der Lieblingsplätze von Robert Louis Stevenson, der dort alles fand, was ihn faszinierte: das Dorfleben, eine Jungfrauengrotte und vor allem die archäologische Anlage. Im Dorf erwarteten uns heftige Kriegstänze und Gesänge. Im Hintergrund wackelten die Frauen mit den Hüften, während ihre Männer martialisch brüllten.

Mit diesen Tänzen wurden wir immer wieder begrüßt. Mit üppigen Frauen, die lasziv ihre Hände kreisen ließen und wild geschmückten Männern, die stampften oder sich auf die Schenkel und Brustmuskeln klatschten.

Auf Nuku Hiva sieht man, wie ein sogenannter »Hybridkatholizismus« Leben und Kirche gestaltet. Im 19. Jahrhundert wurde alles verboten, die marquesanische Sprache, das Tätowieren, die Tänze. Inzwischen jedoch wurde den Europäern wie den Einheimischen klar, dass die kulturelle Herkunft eines Volkes geschützt werden muss. Darin waren vor allem die Katholiken Meister. Sie versuchten nichts zu verbieten, sondern zu integrieren. Ein Beispiel ist die Notre Dame Kirche in Taiohae, die ganz von den Einwohnern selbst gestaltet wurde. Vorher stand dort eine europäische Kirche ohne offenes Dach. Jetzt zieht von allen Seiten die Luft durch den neu gebauten Raum. Jesus wird mit dem Brotbaum dargestellt, das bedeutet auch in der Tradition Leben. Als Altartisch dient ein alter Opferstein, der Taufstein ist ebenfalls ein altes kultisches Gefäß. Das Kreuz wird marquesanisch stilisiert dargestellt.

Die Geschichte der Missionierung wird sehr unterschiedlich beurteilt und dargestellt.

Der im 19. Jahrhundert einflussreiche katholische Bischof Pater Dordillion wird einerseits als jemand geschildert, der die Sitten und Gebräuche der Marqueser unterdrückte, andererseits als ein sehr toleranter Missionar, der sehr wohl wusste, dass er sich und seine theologischen Ideen auch anpassen musste. Nach Stevenson, der ihn nicht mehr erlebte, aber viel von ihm gehört hat, war er eher ein milder Vater der Eingeborenen, sehr an ihrer Kultur interessiert. Streng war er gegenüber Protestanten und überhaupt allen Weißen. Bis zuletzt versuchte er, marquesisches Erbe zu bewahren. Gefiel ihm, dass die Einheimischen ihre Inselgruppe »Land der Männer« nannten? Was sonst war und ist die katholische Kirche?

Ua Huka heißt die nächste Insel, die nördlichste und angeblich trockenste der Marquesas. Es regnet in Strömen. Auf dem Weg zum Dorf saßen wir dann in einem kleinen Kulturzentrum fest. Unser Bus war liegen geblieben und im Regen sollten wir weiterlaufen, bis uns andere Autos mitnehmen konnten, oder warten. Die Musik spielte und aus Langeweile fingen wir an zu tanzen. Der Rhythmus beruhigte mich, die ich genau wie die anderen ärgerlich war, dass so etwas passieren musste. Dann hatte ich doch noch mein schönes Großmuttererlebnis. Eine junge Frau mit Baby stand neben mir und das Kind streckte einen Arm nach mir aus. Ich nahm es und Alexandra machte ein Foto: mit nassen Haaren, aber glücklich, die Wärme eines Kindchens an der Brust.

Die Mutter lächelte stolz und fragte mich: »Grandmère?« Oui, antwortete ich und plötzlich standen ein paar ältere Frauen um mich herum, einige ohne Zähne, und nickten mir liebevoll zu. Wieder einmal musste ich bedauern, mein Schulfranzösisch völlig zugunsten des Italienischen vergessen zu haben und gab das Kind zurück, als es für uns weiterging.

Ein kleines Museum am Meer in Hokatu hatten wir vorher besichtigt. Es enthielt Duplikate von Marquesischer Kultur, die einer ihrer Meisterschnitzer aus den großen Museen der Welt kopiert hatte. So haben sie – zumindest als Kopie – wieder zusammengefunden und geben einen guten Gesamteindruck.

Die Tikis in allen Größen und ihr Mana gehören meist Vorfahren, aber interessant fand ich, dass auch Opfer ihr Mana bei ihrem Totschläger – Mörder will ich ihn nicht nennen - lassen konnten und der sich stolz mit deren Haar oder sogar dem ganzen Schädel schmückte.

Als es endlich zu regnen aufhörte, konnten wir noch bei Sonnenschein den botanischen Garten besichtigen. Er war üppig, allerdings völlig verwahrlost. Der Mann, der ihn eingerichtet hatte, war tot und die Subventionen blieben aus. Unser Guide erklärte uns alle exotischen Früchte, die zum Teil aus Südamerika oder Südeuropa eingeführt wurden. Alle möglichen Nussbäume lernten wir zu unterscheiden, nun gut, und zu vergessen.

Dies ganze Land Französisch-Polynesien wird, wie wir hören, zu 80 Prozent von Frankreich und damit auch der Europäischen Union subventioniert. Insgesamt etwa 280.000

Menschen, davon die Hälfte in Tahiti. Frankreich ist stolz, sich diesen Teil als frühere Kolonialmacht leisten zu können, und die Polynesier wie die dort lebenden Europäer betrachten es wohl als willkommene Entwicklungshilfe. Das hat bei einigen natürlich die Wirkung, die Trägheit des Südens auszunutzen und sich ein bequemes Leben zu machen, so wie es der Ruf der Eingeborenen schon seit jeher zu Recht oder Unrecht ist. Die Polynesier hier könnten ohne den Tourismus leben, anders als gedacht, spielt er keine wichtige Rolle. Nur etwa 5.000 Touristen kommen jedes Jahr, davon die Hälfte mit der *Aranui*. Die Hotels sind nur zu 20 Prozent ausgenutzt. Und die vielen Segler zählen nicht, denn das sind Leute, die möglichst sparsam auf ihrem Boot leben und nur die Liegegebühr zahlen. Junge Aussteiger, manchmal Familien, die sich eine Auszeit im beruflichen Leben leisten können oder die sich anderweitig finanzieren.

Die letzte Insel der Marquesas, die angelaufen wird, heißt Ua Pou und das Dorf in der Bucht Hakahau. Der Name passt zu den martialischen Tänzen, die uns die Leute zum Empfang bieten. Während die Frauen die Hüften schwingen, toben die Männer herum, schreien sich die Kehle aus dem Hals. Am Hals drohen die traditionellen Ketten aus Haifischzähnen. Dazu schlagen die Trommeln, alles beschleunigt den Puls. Der Mann, der mir zunächst tanzt, hat einen Rocker-Totenkopf auf seinem Oberschenkel tätowiert, ein anderer die traditionellen Motive auf Beinen und Po.

Die dramatischen Felsen im Hintergrund mit der spitz hochragenden Nadel sind immer verborgen. Nur ab und zu lassen sie unter um sie herum ziehenden Wolken ihre Form erkennen, das wirkt sehr geheimnisvoll.

Die Dörfer ähneln sich, wenn man jedoch die fest betonierten Straßen bis zum Ende des Ortes geht, sieht man wohlhabende Häuser, die große saubere Schule und reichgeschmückte Kirche. Allein die kostbaren Hölzer, die dort am Altar und Kanzel verbaut sind, machen staunen. Die Kanzel ist ein Schiffsbug. Dann glaube ich endlich, was unser Guide erzählte, nämlich dass es viele reiche Leute hier gibt und der Lebensstandard so hoch ist, dass die Menschen lieber hierbleiben als nach Frankreich zu wechseln, was ja möglich ist, wenn sie einen Beruf haben. Heute Mittag gab es wieder ein Buffet in einem einheimischen Restaurant, wieder der rohe Fischsalat, den ich am Anfang so gern gegessen hatte, der mir dann über war. Diesmal schmeckte er besser als gestern. Robert Louis Stevenson lässt sich über die Nahrung der Polynesier etwas kritisch aus: Eine große Vielfalt, aber nach der Zubereitung herrsche »eine gewisse Eintönigkeit und die modernen Israeliten murren über ihr Manna.«

Die Häuser sind alle flach, deshalb sieht man sie zunächst nicht, sie verschwinden in ihren Gärten. An vorderster Front stehen die Kunstmärkte. Tikis, Ketten, Muscheln, Hüte, Ketten, Perlen, alles sehr hübsch präsentiert. Inzwischen haben wir so viel davon gesehen, dass ich unsicher bin, ob die nächsten Inseln mit uns noch Geschäfte machen könnten. Hier auf Ua Pou gibt es die sogenannten Blumensteine, die ganz selten sind. Besonders schön, wenn sie rosenfarbig sind. Sie werden gerundet geformt und poliert verkauft.

Der Strand ist in dieser Bucht flach und es trauen sich viele ins Wasser. Er sieht sogar etwas weiß aus.

Ich sitze bequem auf dem Veranda-Deck des Schiffes und schaue aus dem Schatten über die Bucht. Es ist wie immer in der Südsee: heiß, aber durch den leichten Windzug nie zu heiß und ebenfalls wie immer dieser traumhafte Blick über eine Bucht.

Manchmal frage ich mich, wie jetzt, wenn ich auf dem Veranda-Deck sitze, vor mir der Horizont des Meeres, seitlich ein paar Felsen, eine Bucht, ein Dorf, wie meine Mutter reagiert hätte, wenn sie mich auf der Reise begleitet hätte. Meine Mutter, die selten über Deutschland hinausgekommen ist, einmal eine Studienreise nach Italien, einmal nach Spanien. Es hat sie immer sehr angestrengt. Seit Mitte der 50er Jahre ist sie regelmäßig in den Ferien ihrer Kinder mit ihnen verreist. Erst an die See, wo das Klima meinem Bruder nicht bekam, dann in die Voralpen. Drei, vier Mal war ich noch mit, dann ging ich eigene Wege, fuhr mit Jugendgruppen oder Freundinnen. Als ältere Frau fuhr sie dann in ein Bad im Mittelgebirge, zuletzt an den Zwischenahner See, nahe Oldenburg. Mein Bruder brachte sie mit dem Auto dorthin. »Lassen Sie Ihre Mutter nicht mehr allein verreisen, wurde ihm an der Rezeption geraten, als er sie abholte.

Und hier? Wie hätte sie reagiert? Wie den langen Flug überstanden und die fremde Schiffsumgebung? Wenn sie jetzt neben mir auf dem Veranda-Deck gesessen hätte, das wäre für sie ein Erlebnis. Die Wärme, der leichte Passatwind. Die einheimischen Bedienungen, kräftige junge Menschen, die freundlich zu ihr gewesen wären. Was hätte sie zu den Tätowierungen gesagt? Über die Verkäuferin im Shop hätte sie sich sicher gewundert. Sehr groß und kräftig, gut rasiert und hübsch geschminkt. Der enge Rock über einem Männerbauch. Von alters her gab es auf den Südseeinseln Männer, die sich wie Frauen verhielten und kleideten, polynesisch, wie ich schon erwähnte, die »Mahu«, nach unserem Gebrauch heute »divers«, ein Wort, das sie noch nicht kannte. Die Ausflüge hätte sie nicht alle mitgemacht, ein Spaziergang durch eine schattige Dorfstraße mit einem Perlenstand am nächsten hätte ihr bestimmt gefallen.

Aber, so muss ich mich ehrlich fragen, wie hätte es mir gefallen? Immer gucken, immer aufpassen, vielleicht wie früher mit ihr über unsere unterschiedlichen religiösen Auffassungen diskutieren zu müssen. Immer über Gott und ob er uns gleicht oder der ganz andere ist. Das hat meine Mutter ein Leben lang beschäftigt.

Die Tikis, die Ahnenstandbilder und aus Holz geschnitzten Nachahmungen, die hiesigen Götterbilder mit ihren absonderlichen Fratzen, was hätte sie dazu gesagt? Dass man die Eltern, die Ahnen ehren muss, war ihr aus der Bibel vertraut. Aber in abschreckenden, verzerrten Gesichtern? Das Mana der Ahnen, das man sich in den alten Zeiten menschenfresserisch einverleiben konnte, ist es nicht das, was ich in den Diskussionen mit meiner Mutter unter dem göttlichen Funken vermutete, der in jedem Menschen als Möglichkeit steckt? Der Mensch nach Gottes Bildnis gestaltet? Für meine Mutter musste das Gotteswesen unbegreiflich und ganz anders als ein Mensch auftreten. Worüber wir früher stritten, könnte nun zum Einverständnis werden, wenn wir uns über die Schönheit der Schöpfung gemeinsam freuen würden. Und in den Fratzen auch eine Komik entdecken könnten.

Morgen ist der von vielen Passagieren ersehnte zweite Seetag, denn es ist anstrengend, immer früh aufzustehen und zu neuen Orten aufzubrechen. Vor allem das Essen mit über zweihundert Leuten ist gewöhnungsbedürftig, wie auf jedem Kreuzfahrtschiff. Die Passagiere auf der *Aranui* sind stolz, dass sie keine »normalen« Kreuzfahrtpassagiere sind. Wir fahren, sagen sie, und müssen kein schlechtes Gewissen haben, denn ohne uns würde die Reederei die Ladung ja auch transportieren.

Gleichzeitig unterscheiden sie sich allerdings nicht von den Passagieren anderer Schiffe, sowohl was Altersstrukturen als auch die Themen der Gespräche betreffen. Es sind Leute, denen vielleicht etwas fehlt, die viel Zeit haben zu reisen und auch das Geld dazu. Unsere Kinder verdienen gut und sie erben unser Haus, sagen sie und reisen um die ganze Welt, und geben die Rente aus, die sie, wie sie glauben, selbst erwirtschaftet haben. Alles haben sie schon gesehen und nun endlich die *Aranui,* weil man davon inzwischen in vielen Gesprächen gehört hat. Sie sitzen an Deck oder an der Bar und dann erzählen sie sich von ihren früheren Reisen, beschreiben die Hotels, die Wege dorthin, die unsäglichen und die gut klappenden Flugverbindungen. Manchmal sprechen sie über ihr Leben und erkennen im Gespräch miteinander, was gut lief, was nicht so gut, was sie vielleicht hätten anders machen können, worüber sie froh sind und was sie bedauern. Und dann gibt es den Trost der Animateure an Bord, die Musik der Einheimischen, die zuerst sehr rhythmisch klingt und irgendwann unendlich traurig, das Basteln, die Verkäufe in der Boutique. Es ist wie überall an Bord von Schiffen, auch wenn die Fracht für die Inseln der Südsee mitfährt wie die Lebenslast der Passagiere.

Am Seetag haben wir die Vulkanfelsen der Marquesas hinter uns gelassen und die Weite des Ozeans schaukelt uns zu neuen Zielen.

Rangiroa. Und tatsächlich ist die Lagune so groß, dass die Erdkrümmung verhindert, die gegenüberliegende Seite zu sehen. Noch größer als Fakarava. Ich erinnere mich an die Passage vom Ozean in die Lagune von Rangiroa auf der letzten Reise. Sowohl die Ein- als auch die Ausfahrt hatte mich, wie geschildert, tief bewegt. Diese Grenzen zwischen Wasser und Land, Grenzen, die schützen, auch wenn sie durchlässig sind. Wie auf dem Atoll Fakarava zwei Seiten: das Ruhige und das Wilde auf engem Raum. Wie bei den Tänzen, die wir gesehen haben, ruhige Armbewegungen der Frauen, wildes Gestampfe der Männer.

Die Grenze heute ist der Horizont. Eine scharfe Linie zwischen deutlich verschiedenen Farben Blau.

Das hat sich in Rangiroa nicht verändert: die leuchtenden Farben des Wassers von tiefblau bis ins ebenso tiefe Türkis. Sonst war ich etwas enttäuscht, diesmal nichts vom Dorf zu sehen. Das war vor vier Jahren für mich so spannend. Die wenigen staubigen Dorfwege parallel zur Lagune oder längs in Richtung Ozean entlang zu gehen, die Häuser mit ihren manchmal gepflegten, manchmal verwahrlosten Umgebungen anzuschauen und das schöne Café an der Passage von der Lagune zum Ozean mit Internet. Heute haben sie WLAN-Anschluss auf dem Schiff, aber damals stürzte sich die gesamte Mannschaft dorthin und keiner hatte Erfolg.

Das Hotel, das es, glaube ich, damals noch nicht gab und das uns für einen Café auf der Terrasse empfohlen wurde, ist wegen Restaurierung geschlossen – bei dem Klima natürlich schnell notwendig –, auch die *Aranui* war zum Überholen in Australien, ohne dass man etwas davon merkt. Deshalb wurden wir nach der Glasbodenfahrt alle am

Strand abgesetzt. Nachdem ich fast eine Stunde lang mit gequetschten Bauch nach unten geschaut hatte, wobei ich das Schaukeln noch mehr merkte, als wenn ich den Horizont fixierte, und etwas enttäuscht die nicht gerade sensationellen Fischschwärme beobachtet hatte, wollte ich nicht mehr baden, geriet sofort an ein Auto, das uns grüppchenweise zu einer Perlenfarm fuhr, wo uns alles über die Produktion, die Ernte und die Auswahl erklärt wurde. Dann hatte ich wieder einmal die Nase voll von Perlen und Pareos. Ich lief zur Ozeanseite, wo ich eine Weile im Schatten von Büschen saß. Die gebeugten Palmen vor mir hatten ihre Kokosnüsse zum Glück schon fallen lassen. Dafür stellte ich mir vor, wie ein Tsunami oder Zyklon käme. In der Fantasie hat ja auch das Gefährliche einen Reiz. Wie unser Guide gestern erzählte, sah ich mich schon oben festgeklammert, vielleicht sogar festgebunden an einer Palme oder in einer Astgabel von Tamanubäumen, die sich elastisch im Wind biegen, zusammen mit meinen wichtigsten Habseligkeiten. Das machen sie hier so, vor allem mit kleinen Kindern und alten Leuten. Dann wartet man nur die kleine Weile, bis die Flutwelle und der Sturm über die Insel gefegt ist. Die biegsame Palme kippt zwar weit nach unten, aber solange man nicht herunterfällt, rettet sie, indem sie sich wieder aufrichtet. Da die Wellen keinen festen Widerstand finden, sind sie nicht ganz so gefährlich in ihrem Zerstörungswerk wie in Dörfern an bergigen Buchten. In der neueren Zeit sammeln sich die Leute bei Gefahr in einem hochgebauten Betonschutzraum. Und vor Seeungeheuern wie gefräßigen Schlangen, die in ihren Sagen, aber auch den Erzählungen der Seefahrer vor langer Zeit noch eine große Rolle gespielt haben, fürchtet sich niemand mehr.

Geheimnisvolle Tiere gibt es genug, Produkte der sogenannten »Kryptozoologie« aus abenteuerlichen alten Büchern verführen nur noch zum ungläubigen Staunen.

Sind es die einheimischen Buffets gewesen? Auf jeden Fall hat eine Anzahl von Leuten Magen- und Darmbeschwerden, auch bei mir ist das der Fall. Gerade noch rechtzeitig habe ich gestern den dreistündigen Ausflug mit dem Boot um Bora Bora herum abgesagt. Jetzt geht es wieder, war sogar an Land in der Hauptstadt Vaitape, lief die stinkenden Straßen entlang, ab und zu einen Weg den Berg hinauf, der allerdings keine Verbindung zur unteren Straße hatte, sodass ich umkehren musste. Nach einer Stunde hatte ich genug und fuhr zurück. Muss doch ausruhen. Jetzt bin ich auf einem »Geisterschiff«, fast alle Passagiere sind zu einem für die Gruppe gemieteten Motu gefahren, wo ein Grillbuffet für uns aufgebaut wird. Ich schaue auf die schillernden Blaus, die grünen Landpunkte kleiner Motus in der Lagune. Morgen geht es zurück, leider erst abends. Ich wusste, dass ich nicht der Typ bin, der ohne genaue Vorbereitung und Planung heimfährt. Allein das Gepäck will ja sortiert werden.

Nun habe ich kein Mal in der Südsee gebadet. Dafür bin ich wohl zu alt. Apropos alt. Das gibt es hier an Bord natürlich nicht. Alle behaupten, trotz ihrer Falten fest und sicher im Leben zu stehen. Die Jüngeren, das sind die Mannschaften, dominieren mit ihren breiten kräftigen Gestalten, die kann man nicht übersehen. Dann gibt es diese alten, wichtigtuenden Ehepaare – bin ich auch so, wenn ich mit einem Mann zusammen bin? Die Sicherheit zu zweit ist immer verführerisch. Auch die Alleinreisenden gruppieren sich zueinander. Adressen werden getauscht, die nie wieder eine Rolle spielen werden.

Auf dem Rückflug begegnete ich auf den Flughäfen von Los Angeles und Frankfurt am Main mehreren Reisenden mit Masken vor Mund und Nase. Das war befremdlich und ich ging schnell an ihnen vorbei. Zuhause erfuhr ich dann von einer neuen Infektionskrankheit und konnte nicht ahnen, wie sie dem unbeschwerten Reisen in alle Welt ein Ende setzen würde. Einen Reisetermin später hätte auch ich zu den Leuten gehört, die von der deutschen Regierung nach Hause gebracht wurden.

Wochen später bekomme ich DVDs geschickt, voll mit Bildern und Filmen. Zauberhafte Farben, Sonnenuntergänge, allerdings auch die fotografierten Abendessen mit allen Gängen. Eines fällt mir dabei auf: Filme vom Lande- und Ablegemanöver in allen Inselhäfen! Boote, die an die Pier fahren, um dort das Schiff loszubinden, Taue, die im Wasser schleifen und eingezogen werden. Das habe ich nie beobachtet. War wohl faul auf dem Veranda-Deck, hörte ein bisschen Gerumpel, aber hatte den Blick fest auf den Horizont gerichtet, dem wir langsam entgegenglitten. Will ich nicht ankommen und abfahren? Einfach nur da sein?

Die Südsee ist »in«, erfahre ich bei meiner Rückkehr. Im Museum MARKK, wie das frühere Völkerkundemuseum in Hamburg jetzt heißt, »Museum am Rothenbaum – Kulturen und Künste der Welt«, einfacher ging die Bezeichnung wohl nicht, gibt es die Ausstellung einer Maori-Künstlerin, Lisa Reihana aus Neuseeland, die sich der kolonialen Südseegeschichte nähert. Der Video-Endlosstreifen, der dort gezeigt wurde, spielt das Aufeinandertreffen des Entdeckers James Cook mit den Eingeborenen der Südsee nach, vermischt Ereignisse aus Polynesien mit denen anderer Südseegebiete wie Hawaii und Papua-Neuguinea und will damit eine kritische Aufklärung über die Kolonialgeschichte leisten. Als Hintergrund für die Handlungen dient ihr eine Tapete aus dem 19. Jahrhundert, das die Südseelandschaft idealisiert darstellt. Schauspieler spielen Cook, die ihn begleitenden Offiziere, die Forscher, die Mannschaft. Und wir bestaunen ein Südseeleben mit hüftschwingenden Inselschönheiten, mit kämpfenden Eingeborenen, mit Tänzen und Trommeln. Der Venus-Transfer, den Cook beobachten sollte, spielt schon im Titel der Ausstellung »Im Schatten der Venus« eine Rolle, denn es gibt schließlich einen europäischen weißen »Schatten« in der Geschichte. Die Entdeckungen haben die bekannten Folgen der Entfremdung für die Bevölkerung der Südsee. Das 2017 auf der Biennale in Venedig gezeigte Kunstwerk hat mich befremdet. Nirgendwo fand ich einen Hinweis, dass ich Teile des Films schon in Wien im dortigen Cook-Saal gesehen hatte. Die Künstlerin meint mit den Schatten die unbeliebten Geschichten, wie die Zerstückelung Cooks, ebenso die Gender-Vermischungen, die manchmal Cook von einem Mann, dann einer Frau spielen lassen, was allerdings nicht sehr deutlich wird. Überhaupt mag das eindrucksvoll sein für Leute, die wenig über die Südsee wissen. Für mich haben die aneinandergereihten Szenen eine amüsante, auch wiedererkennbare Sichtweise enthüllt, die mir eher Klischees zu bestätigen scheint, als sie kritisch zu hinterfragen, was die erklärte Absicht gewesen sein soll. Alles habe ich wieder erkannt: die Art der Kleidung, die Tätowierung, das Tanzen, die Typen einer folkloristischen Schau.

Allerdings hat das Museum wunderbare Zeugnisse aus der Südseekultur gesammelt und gleichzeitig im selben Raum ausgestellt. Einige der besten Exponate, Objekte aus der Ozeanien-Sammlung, die Hamburger Kaufleute im 19. und zu Beginn des 20. Jahrhunderts von ihren Handelsfahrten mitbrachten und die etwas abseits vom Videogeschehen stehen, verdeutlichen das.

Die Südseesammlung des Museums wurde auch durch Ankäufe aus dem Godeffroy-Museum vermehrt. Es wurde 1861 von Godeffroy, dem Auftraggeber der Pflanzenforscherin Amalie Dietrich, gegründet und nach dem Konkurs des Handelshauses 1885 aufgelöst. Viele der Materialien wurden an das Leipziger Völkerkundemuseum verkauft, ein anderer Teil blieb in Hamburg. Vor allem eine Anzahl historischer Fotografien, die eine Anschauung aus europäischer Sicht auf die Südseekultur des 19. Jahrhunderts geben. Sie erzeugen im Betrachter Klischees von erotisch schönen Wilden ebenso wie realistische Aufnahmen des Lebens in den Kolonien. Außerdem kamen Exponate durch wissenschaftliche Expeditionen dazu, die sich als Forschungsschwerpunkt bis in die heutige Zeit fortsetzen.

Eine Ethnologin des Hamburger Museums, die für das Gebiet spezialisiert ist, veranstaltet auch Studienreisen, bei denen interessierte Laien mitfahren dürfen. Von diesen Reisen haben mir zwei Bekannte begeistert erzählt. Für mich hat eine Teilnahme meist aus Zeitgründen nicht geklappt. Aber einer der Journalisten, die mitfuhren, Matthias Gretschel, hat ein schönes Fotobuch mit erklärenden, informativen Texten dazu gemacht: *Geister der Südsee*. Es führt in ein Gebiet, das ich nur aus Büchern und Ausstellungen kenne, das allerdings sicher besonders faszinierend zu bereisen ist, nämlich nach Papua-Neuguinea, wo ja auch die bedeutenden Forschungen Margret Meads stattfanden.

Die große Anzahl verschiedener Völker existiert dort mit jeweiliger Unterschiedlichkeit von Sprache und Kultur, aber auch mit Gemeinsamkeiten des Tanz- und Ahnenkultes, der die ganze Südsee umfasst.

Aus meiner Kindheit war mir die Südsee auch deshalb ein Begriff, weil ich häufig im Überseemuseum in Bremen war. Das hat seinen Namen behalten, »Übersee« ist wohl gelittener als »Völker«. Ich besuchte es mit meiner Familie ebenso wie mit Schulklassen.

Bremen hatte viele Handelsbeziehungen in der Zeit der deutschen Kolonialmacht in den Jahren 1884 bis 1914. Die erste Reise mit dem Reichspostdampfer des in Bremen beheimateten Norddeutschen Lloyd *Preußen* fand bereits 1886 statt und die Verbindungen wurden bis zum Ersten Weltkrieg fortgeführt. Der Norddeutsche Lloyd wuchs zu einem der größten Schifffahrtsunternehmen der Welt. Wer nach Ostasien oder Australien fahren wollte, fuhr auf diesen Dampfern. Zwischen den ozeanischen Inseln wurde der Verkehr ausgebaut. So hat auch Bremen wie Hamburg Anteil an der deutschen Südseekolonie während des Kaiserreichs. Wichtigste Exporte waren damals Kopra und seltene Vogelfedern! Schon die Eingeborenen hatten die Farbkraft der dort heimischen Vögel geschätzt, es gibt in den Museen wunderbare Umhänge aus farbenprächtigen Vogelfedern. Im Deutschen Kaiserreich waren Damenhüte mit Vogelfedern ein teures und beliebtes Luxusgut. Der Paradiesvogel mit seinem langen Schweif war besonders begehrt. Die Ausstellung im Überseemuseum Bremen, direkt am Hauptbahnhof gelegen, scheint mir in ihrer Schönheit der Exponate und gleichzeitig den umfassenden Informationen besonders gelungen.

Wer den Kunstartefakten der Südsee nachreisen will, kann das natürlich auch in den Staatlichen Museen zu Berlin tun, die vor allem Objekte aus Papua-Neuguinea in großer Qualität besitzen oder zum Beispiel in Wien, wo aus dem Völkerkundemuseum ein »Weltmuseum« wurde. Außer Zeugnissen von den James-Cook-Reisen sind dort große Sammlungen und Forschungsergebnisse von österreichischen Ethnologen vorhanden und teilweise ausgestellt.

Jedes dieser Völkerkundemuseen, egal ob in Berlin, Wien, Brüssel, Paris oder London, muss sich dabei mit dem kolonialen Erbe auseinandersetzen und steht vor der Frage, was rechtmäßig erworben oder heimlich entwendet wurde. Und ebenfalls damit, was behalten werden darf und was zurückgegeben werden sollte. Ob sich so viel Originale in den Heimatländern bewahrt hätten, wie jetzt in Europa in den Museen stehen, das ist eine ganz andere Frage. Das gilt besonders für die Artefakte der Südsee, die überwiegend aus pflanzlichem organischen Material gefertigt wurden. Die Konservierung ist in den Ländern, aus denen sie kommen, gar nicht zu leisten. So haben einheimische Künstler die Möglichkeit, Kopien wichtiger Exponate herzustellen, um ihren Landsleuten die eigene Geschichte wieder begreifbar zu machen.

Emil Nolde schreibt im Buch über sein Leben, dass ihm, zurück in Deutschland, die Südseeerlebnisse durch die Zeit des Ersten Weltkrieges geholfen haben. Durch Bilder und Erinnerungen. Tatsächlich, nach einem Besuch auf diesen Inseln bleibt etwas im Kopf. Eine diffuse Sehnsucht, dort noch einmal hinzufahren, die eingeprägten Eindrücke aufzufrischen, zu erneuern. Würde ich es ein drittes Mal wagen? Abgesehen davon, dass die Corona-Krise, die gleich nach der Rückkehr von meiner zweiten Reise ausbrach, den gesamten Tourismus infrage stellt, während ich dies schreibe.

Wie würde ich reisen, wohin? Das Flugzeug, ungeliebt, würde ich gern vermeiden. Auch keine Schiffsreise machen. Wenn ich es geschafft hätte, mit einem Flug dorthin zu kommen, würde ich mich vielleicht für ein paar Wochen auf den Cook-Inseln einmieten, weil ich sie nicht kenne und mich dort auf Englisch einigermaßen verständigen könnte. Vermutlich würde ich über Neuseeland einfliegen wollen, denn mit diesem Land sind die Cook-Inseln politisch assoziiert. Die Cook-Inseln, die nach dem großen Entdecker genannt wurden, jetzt offiziell einen eigenen Namen annehmen wollen, haben alles, was ich an der Südsee liebe: Strände, Städtchen an Buchten, heilige Stätten und zu meiner Bequemlichkeit eine touristische Infrastruktur. Etwa 20.000 Menschen, die sich über zwölf bewohnte Inseln verteilen, sind doch erträglich.

Ich würde einmal rund um die ganze Hauptinsel Rarotonga fahren, die rund wie ein Ball ist, mit versunkenem

Korallenring und 600 Metern hohen Bergen. Vielleicht sogar eine Tour ins Inselinnere von Rarotonga machen, wo ein Fußmarsch vier Stunden lang durch Urwald zu einem Marae, einem alten Kultplatz führt. Würde den Eingeborenengeist erahnen. Versuchen dem Ursprung nahe zu kommen, wie Nolde und Pechstein und doch wissen, dass ich ein Kind des 20. Jahrhunderts bin, welches es sogar bis ins 21. geschafft hat.

Meine Freundin Iris ist bereits dort gewesen. Einmal mit Inselhopping im Flugzeug, einmal mit einem Expeditionsschiff. Was uns die Gelegenheit gab, über die verschiedenen Schifftypen zu reden. Der Komfort auf großen Kreuzfahrtschiffen ist uns beiden nicht so wichtig. Auf ihrem Schiff war alles vom Feinsten. Am Abend vor dem Essen gab es Vorträge, sogenannte »Recaps«, die das am Tage Gesehene noch einmal aufnahmen. Nie eine Show. Auf der *Aranui* sorgte die Besatzung für ein abendliches Vergnügen mit Musik und Tanz. Natürlich ist die Reise mit einem Expeditionsschiff etwa doppelt so teuer wie auf den normalen Kreuzfahrtschiffen, die auch nicht umsonst sind, wie man weiß. Dazwischen liegt die *Aranui,* die ihre Ziele auch aus wirtschaftlichen Gründen anfährt.

»Auf Reisen fühle ich mich lebendig«, sagt Iris. Sie hat auf ihren Südseereisen zu entlegenen Inseln »ins Paradies geschaut«. Ein sich seelisch Neutralisieren ist für sie das Reisen, unbelastet von zwischenmenschlichen Unzulänglichkeiten des Normallebens und den kleinen Gemeinheiten, die Gedanken blockieren können. Wir beide haben uns über die »große Leere« ausgetauscht, die bei einer mehrere Tage dauernden Seereise zu spüren ist und jede von uns mit tiefen Gefühlen berührte.

Sie hat mir den Inselbus auf Rarotonga empfohlen, der »clockwise« rechts und links um die Insel führt, was ungefähr eine Stunde dauert. Ich könnte mich auch Führungen zu den Bergen im Inneren anschließen, zu Wasserfällen und kalten Seen, neuer Vegetation und einer archaischen Dunkelheit darin. Ich könnte viel spazieren gehen, vor allem am Strand. Über mir die Milchstraße und das Kreuz des Südens. Die Häuser an der Strandseite haben, wie meine Freundin schilderte, üppige Gärten, und sobald jemand bewundernd stehen bleibt, kommen Leute aus dem Haus, freuen sich über eine gemeinsame Pflanzenliebe, die Nationalblume Frangipani, rot oder weiß, die es überall gibt, die Trompetenblumen, exportierte Rosen, und bieten freundlich an, bei ihnen ein Zimmer zu mieten.

Dort nah am Strand würde ich – ja genau was anderes könnte es denn sein – einfach leben. Um vielleicht endlich meinen Kopf unter Wasser zu tauchen, die Augen aufzuhalten und neue Farb- und Lebenswelten zu sehen.

Aufenthalt in Rangiroa (›Weiter Himmel‹), Februar 2020

Bildnachweise:

Buchumschlag: © javarman, ›Tropical beach‹, AdobeStock.com

Buchklappe Vorderseite:
Paul Gauguin (⋆1848 Paris – †1903 Atuona auf Hiva Oa, Französisch-Polynesien)

Buchklappe Rückseite:
Porträt der Autorin, © Charlotte Ueckert

Seite 7, Frontispiz:
Ansicht von Raiatea, ca. 1787 von John Webber (⋆1751 London – †1793 ebenda) englischer Maler und Zeichner

Seite 9:
Adelbert von Chamisso (⋆1728 als Louis Charles Adelaide de Chamisso auf dem Schloss Boncourt in der Champagne, Frankreich – †1779 Berlin)

Seite 13:
Vita Sackville-West (⋆1892 Knole House, Sevenoaks, Kent – †1962 Sissinghurst Castle)

Seite 46:
Auf Tahiti: Johann Reinhold Forster (⋆1729 Dirschau, Königlich-Preußen – †1798 Halle a. d. Saale) und sein Sohn Georg Forster (⋆1754 Nassenhuben, Preußen – †1794 Paris), Gemälde von John Francis Rigaud (⋆1742 – †1810)

Seite 50:
Captain James Cook (⋆1728 Marton bei Middlesbrough – † 1779 Kealakekua-Bucht, Hawai'i)

Seite 54:
William Somerset Maugham (⋆1874 Paris – †1965 Saint-Jean-Cap-Ferrat bei Nizza)

Seite 58:
Emil Nolde (⋆1867 als Hans Emil Hansen in Nolde, Kreis Tondern der Provinz Schleswig-Holstein – †1956 Seebüll) Maler des Expressionismus

Seite 62:
Max Pechstein (⋆1881 Zwickau – †1955 West-Berlin), 1915 in seinem Haus in Berlin-Zehlendorf, Foto von Waldemar Titzenthaler

Seite 72:
Fanny Van de Grift-Osbourne-Stevenson (⋆1840 als Frances Matilda Van de Grift in Indianapolis – †1914 Santa Barbara) und Robert Louis Stevenson (⋆1850 Edinburgh – †1894 Vailima nahe Apia, Samoa)

Seite 76:
Amalie Dietrich (⋆1821 Siebenlehn, Sachsen – †1891 Rendsburg) an ihrem 60. Geburtstag 1881 gezeichnet von Christian Wilhelm Allers. Original befindet sich in der Amalie Dietrich Sammlung im *Herbarium Hamburgense* der Universität Hamburg

Seite 77:
»Queen Emma« Kolbe (⋆1850 – †1913) und ihr Ehemann Paul Kolbe (1865-1913)

Seite 92:
Herman Melville (⋆1819 New York City – †1891 ebenda) Photograph unbekannt

Seite 137:

Wenn nicht anders bezeichnet:
Alle Angaben und Abb. aus Wikimedia Commons, gemeinfrei

Impressum

edition ♦ karo
Literaturverlag Josefine Rosalski, Berlin
www.edition-karo.de

Umschlagfoto: ›Tropical beach‹
© javarman, AdobeStock.com
Gesetzt im Verlag aus der Bembo und der
Liberation Sans Narrow
Druck und Verarbeitung: SDL Buchdruck, Berlin
Hergestellt in Deutschland
ISBN 978-3-945961-21-6

Die Deutsche Nationalbibliothek verzeichnet diese Publikation in der Deutschen Nationalbibliografie; detaillierte bibliografische Daten sind im Internet über www.dnb.de abrufbar.